당신의
마음은
빈집

공석진 시집

청어 도서출판

당신의 마음은 빈집

공석진 지음

발 행 처 · 도서출판 **청어**
발 행 인 · 이영철
영   업 · 이동호
홍   보 · 천성래
기   획 · 남기환
편   집 · 방세화
디 자 인 · 이수빈 | 김영은
제작이사 · 공병한
인   쇄 · 두리터

등   록 · 1999년 5월 3일
(제321-3210000251001999000063호)

1판 1쇄 발행 · 2021년 2월 26일

주   소 · 서울특별시 서초구 남부순환로 364길 8-15 동일빌딩 2층
대표전화 · 02-586-0477
팩시밀리 · 0303-0942-0478

홈페이지 · www.chungeobook.com
E-mail · ppi20@hanmail.net
I S B N · 979-11-5860-923-8(03810)

당신의 마음은 빈집

공석진 시집

여섯 권째 시집
『당신의 마음은 빈집』을 출간하면서

나는 왜 시를 쓰는가? 셀 수도 없이 나 스스로에게 묻고 또 물었다. 그 어떤 질문보다 참 어려운 질문이다. 어떤 거창한 수식어보다 시가 좋아서 시를 썼다는 것이 나의 명확한 답이다. 길든 짧든, 심오하든 가볍든 그리고 기쁘든 슬프든 시는 나의 삶이었고, 나의 그 자체였다. 여섯 권의 시집을 내도록 내가 쓴 시는 정확하게 1522편이다. 시집으로 발표된 시는 500여 편에 불과할 뿐 대부분의 수많은 시들이 책에 실리지 못하였으니 버젓이 세상에 내어 놓고도 날개를 달아 주지 못한 셈이다. 2020년 6월, 한꺼번에 밀어닥친 감당하기 어려운 일들로 안타깝게도 나의 시는 1500편의 문턱을 넘지 못하고, 백이십여 일 동안 정체되었으나 나의 시는 모두 뜨거운 나의 피였고, 발가벗겨진 나의 살이었다. 자식과도 같은 한 편 한 편의 시가 완성될 때마다 그들이 태어난 장소는 그들의 고향이었으며, 첫울음을 터트리며 세상과 첫 조우한 그들이 태어난 시간은 모두 기록되어 내가 살아있는 동안 만큼은 하나도 빠짐없이 그들의 탄생을 기념해 줄 것이다. 내 가슴 속에서 잉태하여 열 달이 넘도록 가느란 숨을 쉬다가 알토란 같은 신생아로 자라난 아이들은 속 깊은 아이로 성장할 것이다. 그 후 내가 언젠가 세상을 떠나고 나서 마치 나의 유언처럼 세상 사람들을 위로하는 소임을 감당할 때면 세상 사람들은 기억 속에서 '공석진'이라는 사람을 들추어 내고서 "그래 공석진 시인, 참 좋은 시인이었어."라고 사뭇 그리워하면서 술잔이라도 기웃거리는 뭇사람들의 소소한 일상의 행복이라도 줄 수 있다면 더 바랄 것이 없을 것이다.

인구 해변 방파제
빛바랜 빨간색 의자와
의자로 사용하였을 통나무가
기울듯 있었다
타인에게 휴식을 주기엔
매우 지쳐 보이는 그들은
한때 절절한 연인이었다

한쪽은 작별을 선언해 버렸고
한쪽은 절반이 잘라진 사랑에서
쏟아지는 선혈을
망연히 바라보고 있었다

아케론강에 빠진 두 사람
죽음을 강요하는 냉혹함에
바다까지 밀려와
물새가 안타까운 듯 떠나지 않았고

파도가 연신 올라와
좋은 날은 아직 오지도 않았다
화해를 재촉하였다

사랑은 기한이 다 된 것인가
우울이 쏟아지도록
유독 화창한 날
하늘과 바다 사이에는
수평으로 선명하게 금이 가
좀처럼 사라지지 않고
별리를 확정지었다

<공석진 詩「하늘과 바다 사이」>

　세상에서 가장 큰 슬픔은 단언컨데 사랑하는 사람과의 이별이
다. 살면서 누구나 겪을 수 있는 그 결별을 사전에 마음의 준비도
하지도 못했는데 갑작스럽게 강요를 당하는 일이라면 그 충격은
이루 말할 수 없을 것이다. 부모와 가족과의 헤어짐은 물론 매일
보는 친한 지인이나 절절히 사랑하는 연인과의 이별이 다 마찬가
지다. 특히 하루 아침에 그 결별이 예기치 않은 죽음으로 결정이
통보된다면 그 슬픔은 하늘이 무너지는 아픔일 것이다. 나의 시는
결별로 인해 상처 받은 모든 사람들에게 드리는 진심 어린 위로의
시이다. 하늘과 바다는 평생을 밀착하여 희로애락을 함께 하지만
그들 사이에는 분명한 수평선이 존재한다. 평소에는 있는지조차

모르고 살아가지만 언젠가 그 선은 더 굵은 선으로 확정되어 분리될 수밖에 없다. 나의 시는 결단코 수평선을 없애는 역할을 할 것이다. 죽어가는 모차르트가 자신의 죽음을 예견하고 필사적인 노력으로 완성해 가던 사자(死者)의 영혼을 위로해 주는 진혼곡 레퀴엠처럼 하늘과 바다 사이에서 호시탐탐 갈라놓을 기회만을 노리고 있는 그 선이 우리들 시야에서 희미해질 때까지 나는 시를 쓰고 또 시를 쓸 것이다.

평생 눅눅한 감성을 잃지 않았고, 늘 호기심 어린 사차원의 세상을 기웃거렸으며, 어린 아이 같은 순수함을 유지했던 나였고, 보통 사람들 모두가 한 목소리로 동의하는 것들도 "아니다, 아닐 수 있다"라며 강변할 수 있었던 시인 공석진의 용기를 지지해 주고, 응원을 아끼지 않았던 나의 시를 좋아하는 모든 사람들에게 깊은 감사의 말씀을 전하고 싶다. 나는 6집을 발간하는 이 즈음의 평생 잊을 수 없는 고통의 시간을 극복하고, 한동안의 절필을 접고, 다시 '시(詩)'라는 나의 자식을 세상에 내 보내는 데 온갖 열정과 마지막 최선을 다할 것이다. 한순간에 등돌리는 경박하기 그지없는 인간의 속성과는 달리 시는 애당초 하늘의 별과의 나와의 만남처럼 그 기적 같은 인연으로 인해 결코 결별할 수 없는 숙명이기 때문이다.

"내가 전에 말하지 않았던가? 이 레퀴엠은 나를 위해 쓰고 있다고…"라고 말했던 볼프강 아마데우스 모차르트의 말처럼 결국은 나의 평생의 시 창작도 타인의 위안을 빙자한 나의 위안이었음을 고백한다.

차례

2부 그리운 사람 있어 이 땅에 산다

3부 봄날은 가지 않는다

4부 네가 돌아선 순간부터 눈이 내렸다

5부 그 사람이 나는 아프다

6부 오래오래 사랑할 수 있을까

7부 망각 그 참을 수 없는 가벼움

해설

1부

세상에 상처 없는 사람은 없는 거다

당신이 좋아하는 꽃으로
길을 놓으면 돌아오려나
시공(時空)이 무너진 지독한 망각처럼
폐가마저 허물어질까
끝내 울었다

당신의 마음은 빈집

당신의 마음은 빈집
내내 홀로 지키다
별들이 시퍼렇게 눈뜬 새벽 이끌리듯 나와
아무나 기웃거리라고 허공에 걸었다

집사를 자처하는 거미
이중 삼중 줄을 쳐 빈집을 지켰지만
가끔 힘센 비가 문을 박차기도 했고
마실 나온 바람이 주인 없는 지도 모르고
불 꺼진 창을 톡톡 두드렸다

당신이 좋아하는 꽃으로
길을 놓으면 돌아오려나
시공(時空)이 무너진 지독한 망각처럼
폐가마저 허물어질까
끝내 울었다

집으로 가는 길

풍랑 일렁이는 잿빛 도시 바다에
고독한 섬처럼 행인 불쑥 마주치면
그 섬들 에돌아 집으로 가야 하네

빌딩 숲 뒤로 얼굴 내미는 기죽은 석양 맞으며
남루한 그림자 끌면서 집으로 가야 하네

숯덩이 되도록 밖으로 내몰리다
수척해진 가장의 몸 낯선 곳에 둘 수 없어
무거운 발길 재촉해 집으로 가야 하네

단 하루를 살다 장렬히 떠나는 하루살이처럼
모두 탈진하여 이불 속 간절한 집으로 가야 하네

가자 가자
비록 바람이라도
비상할 수 있는 풍선 여러 개 사 들고
집으로 가자

빈집

같이 가자
어미 없어 동병 앓는 누렁이 재촉하여
언제나 당신이 없는 집을 뒤로
한참을 걸어 길 무덤에 누웠습니다

해가 가고 또 한 해가 가도록 이내 오지 않는 당신
쓸쓸한 잠에 빠져 당신의 젖무덤을 더듬어 봅니다
이까짓 몸뚱이 잠결에 굴러
무릎이 다 까져도 상관없었습니다

어제도 없고 오늘도 없고 내내 없으실 당신
칠흑같이 막막한 이 극한의 두려움도
기약 없는 당신을 무작정 기다리는
그리움만 못하였습니다

집에 가자
바짓가랑이 물고 늘어지는 채근에
언젠가 당신에게 안기어 배고프다 투정 부릴
빈집으로 가고 있습니다

내려놓아야 한다

설령 관성이 붙어 끝도 없는 열망이어도
가열을 중단하여
날개가 없어 위태로운 열기구를 내려놓아야 한다

좀처럼 보이지 않는 과녁은 질풍에 흔들리는데
욕망이 지나쳐 끊어지기 전
멀리만 보내려 당긴 활시위를 내려놓아야 한다

불안한 방파제에 걸터앉아 깡술을 마시며
고독이란 절망에 빠져 세상만사 체념하는
술잔을 내려놓아야 한다

미련이 원망으로 사무쳐 눈물마저 고갈되어
푸석푸석 앙상한 화석이 되어 버린 그리움을
진정 내려놓아야 한다

나뭇가지

강풍에 팔이 잘려
맥없이 매달린 나뭇가지

아팠을 텐데
또 자르고 벗겨 내
채찍으로 쓰이면

본의 아닌
그 죄책감은
누가 위로해 주나

악의 분명한
잔인한 가해는
누가 책망해 주나

애국선열을 추모하노라

여기, 숭고한 꽃다운 청춘
전장에 스러진 뜨거운 넋을 위로하노라
홀연 자식 떠나보낸 부모의 한은
가슴 벅찬 통일의 밑거름이 되리니

여기, 푸른 목숨 끊어 놓은 민족상잔
편히 잠들지 못할 단명을 통곡하노라
비록 구천을 헤매는 비명은
대한의 운명을 지켜 낼 천둥이 되리니

임이여, 오 나의 열사여!
죽음은 무명이었으나 영혼은 유명으로 거듭나
심장한 비명횡사 민족정기를 도모할지니
한반도 방방곡곡 경천동지할 화염으로 타오르소서

여기, 고귀한 순국 선혈
국토에 뿌려진 애국 영령을 추모하노라
차마 눈 감지 못할 전사의 형벌은
장렬히 산화한 혼백으로 조국을 수호하리니

함초

아무도 얼씬 못하는
척박한 땅에 엎드려
몸에 밴 바다 내음
눈물 배어 짠해졌다

사지에 핀 물망초
제발 알은척 말고
보면 그저 지나치라
행자라 했으리

언제 오려나
꾸역꾸역 설움 삼키며
함초는 오늘도
바다에 살으련다

자전거

탈 수 있겠어?
다 큰 딸 아이를 안장에 앉혔다
오른편으로 기울면 오른편으로
왼편으로 기울면 왼편으로
걱정 말고 손잡이를 돌리렴
아빠가 잡아줘도
혼자 타고 있다고 생각하고
아빠가 눈에 안 보여도
항상 지탱하고 있다고 생각해

사람 사는 것도 같단다
고단할 땐 고단함에 몸을 맡기고
신이 날 땐 맘껏 달리어 보렴
다행히 홀로 서게 되면
살면서 아빠는 그저
있어도 없고
없어도 있는
네 마음속에만 있는
설핏 기우는 존재라고 생각해

엄마의 눈

입학식 날
할머니는 끝내 날 찾지 못하고
집으로 그냥 가셨다
"당췌 눈이 안 봬서"
서운해하는 내게 퉁명스레 툭 내뱉으셨다
엄마였슴 찾았을까?
나중에 함께 살게 되어 물었다

"언젠가 막내 잃어 버렸을 때
어떻게 찾았대?"

"천방지축 나대고 다녀
순식간에 잃어버려 애 태웠다만
내 새낀 내 새끼였어
인파 속 가물가물 점으로 보일만큼
막막한 눈으로도 한눈에 들어오더라
얼른 달려가 안았지
그게 엄마란다"

마음을 접다

차라리
날지 마라
날지 마라
그 젖은 날개로
사랑을
어찌 실어나르나
비 쏟아지는 날
날개 접듯
마음도 접었다
굿바이

오월의 오류

[헤어지자 우린 이제 벼랑 끝까지 왔다]

당사자 대신 아무 상관없는 내가 고스란히 가슴 아픈 이별을 통보
받았다. 누구를 사랑하는 일이 벼랑으로 몰고 가는 일이었단다.
그래서 헤어지잔다. 잘못 발송된 짧은 메시지가 줄곧 마음을 흔들
었다.

태양은 5월 중순치곤 유난히 뜨거웠다.
이런 날은 너무 쉽게 타버린 그들의 사랑 같아서 용납할 수가 없
다. 하필 감정이입이 쉬운 내게 이따위 문자가 와서 기분을 엉망
으로 만드나.
대구 기온이 33도라는 방송을 들으며 차 에어컨을 최대치로 올렸
다. 외기순환 모드 탓에 미세먼지가 쏟아져 들어왔다.

[잘못 보내셨습니다] 대신
[이별 통보는 잘 도착하였습니다]라고 발신번호 표시제한으로 문
자를 보내고, 누군가에게 이 가혹한 이별 통보 메시지가 전달되지
않음을 다행으로 생각하였다.
그래 누군지 모르지만 내가 대신 이 말도 안 되는 결별을 감당해
주마.

너무 빨리 타버린 오월.

오류가 쏟아 낸 먼지 같은 재를 가슴으로 움켜쥐고 나에게 묻는다. 진정코 너도 간단한 몇 자의 문자로 이별을 강요하여 누군가의 가슴을 온통 까맣게 태워버리고 종적을 감추진 않았는가.

오월의 오류는 내일도 멀쩡한 감성을 하루종일 태우고,

그 재는 공중으로 비산하여 흔적도 없이 잠적할 것이다.

주름

저는 주름입니다
오선지 닮아 노래를 불러 보고 싶지만
막히고 구불구불한 순대 같은 미로에서
길 잃고 헤매다 지쳐
오래 전 훼손된 이정표처럼
그저 조용히 침묵하고 있습니다
겹겹이 주름져 밀려오는 험한 세파 헤치고
천신만고 끝 오른 정상에서 한눈에 보이는 건
또 가야 할 먼 산 주름뿐입니다
그렇게 평생 살아가다 얼굴에 저승꽃 피어오르면
우쭐하여 세상 주름 잡는 날이 무슨 소용일까요
유유히 떠다니는 새털구름처럼 가벼워지는 건
이젠 자양분에 집착 말고 은행이 스스로 낙과하듯
다 내려놓고 떠나라는 뜻일 겁니다
게우고 게워내 아무도 본색을 알아보지 못할
부질없던 이기심 가리는 주글주글한 몰골이
대견한 훈장 같은 꽃주름으로
여생 만개하길 소망할 따름입니다

.

구름

해바른 천사의 휴식처일까
하냥 목마름 적실
물항아리 선반이라 할까
아니다 아니다
세상 한 풀지 못하여
발 동동 구르는 슬픔이다

슬픔슬픔 떠오른 더미
비산하지 못해 구천을 헤매다
다른 슬픔 만나
더욱 커진 상심의 무게
견딜 수 없어
가끔 눈물 뚝뚝 흘리는 거다

파렴치한

허기져 바닥 비운 개밥통에
굵다란 오줌 짓갈기는 놈

살아서 옴작거리는 애벌레
징그럽다 발로 뭉개는 놈

모두가 감탄하는 금낭화
혼자 속셈 채우려 꽃잎 따
애인 머리에 꽂아 주는 놈

내내 지켜보고도
아무 말도 못하고 뒤돌아
긴 탄식만 하는 비겁한 나

고인돌

산산이 흩어진 영혼과
내던져진 육체의
깃털 같은 가벼움 위로
짓누르는 삶보다
더 무거운 죽음의 무게

살아서 가위눌려
혼비백산 깨어나
산송장 같았던 죽음의 체험
적멸이 되어서까지
영혼을 압박하는
거대한 돌을 치워다오

사자(死者)의 절규는
시한부 여생보다 절박하다
고인은 돌 밑에 깔려
참 많이도 외로웠을 게다

극장

허구를 진실처럼 극한 공포와 재난
사랑에 빠지고 이별을 겪으며
한 치도 안 뵈는 암흑 속 꼼짝없이 갇힌다

냉정에 더 냉정하자
슬픔에 더 슬퍼하자
막막한 시간이 흐르고
어둠에서 빛 속으로 던져지는 희귀한 질감

미지의 삶에서 세상 경험하기 전
희로애락을 주입시키는
생존의 사전 예행연습이다

구속과 자유의 감정이입 카타르시스
이면은 잊어버리자
전면의 세상이 마중을 나가
이탈된 유체를 영입한다

당신의 눈

아름다운 당신을
직접 바라보는 것보다
당신을 담은 내 눈을
고스란히 눈에 품은
당신을 바라보는 것이
더욱 아름답습니다

눈에 당신과 나 모두 다
담을 수 있는 것은
단지 당신의 눈이
크기 때문이 아니라
하늘을 담은 바다처럼
깊기 때문입니다

금낭화

내 사랑
오신다
밤길
불
밝히는
홍사초롱

첫눈

정녕
정녕코
마지막 잎새마저 다 지도록
떠나지 못하고
고독을 자초하느냐

가라
가라고
떠밀지도 못할 노쇠한 가을
허리 잘려 나간 등걸에 주지앉아
펑펑 울고 있는 눈을 보았다

첫눈!
첫눈에
내가 반했노라
생의 시종에서 다시없는 조우
하냥다짐할 테니 내 그리움 하자
내 사랑 하자

첫눈이 오는 날

첫눈이 오는 날
난은 떠났다
꽃 피는 봄에 왔다 첫눈이 오기까지
기다리지 못하고 시름시름 앓다가
흙색으로 변하여 흙에 묻어 주었다
때마침 흰 눈이 그 흙을 덮었고
순백의 수의가 차라리 다행이었다
생을 놓지 않으려 끄트머리에 남은
초록이 묻힌 자리에서 들릴 듯 말 듯
'난 살고 싶다 첫눈이 그리웠어!'
난이 가는 날
첫눈도 그렇게 왔다

세월이 약이다

잊으라 잊으라고
주문한들 잊혀질까
버리자 버리자고
다짐한들 버려질까

뒤를 보면 볼수록
후회는 커지는 법

어차피 담아둘 일
한 치 흔들림 없이
벗어나기 위해선
앞만 보고 가야 하거늘

용서하는 것도
용서받는 것도
세월이 감내할 부분
나의 소관은 아니리

우정

언 발에 박힌
동상 풀려라
서로 마주 보고
오줌 갈겨
내 발에
네 발에
김이 모락모락
말없이
좋아라 웃기만

닭이 운다

지는 해를 보면서도 석양인 줄 모르고
뜨는 해를 보면서도 여명인 줄 모르는
실성한 닭이 운다

누군가는 어린 시절 추억에 눈을 감고
누군가는 절대 미각에 입맛을 다시는
서러운 닭이 운다

닭 모가지 비틀어도 새벽은 오건만
오지 않는 새벽을 남 탓으로 돌리며
닭의 몸을 뜯는 사람들

몰인정을 원망하랴
무자비를 탓하랴
새벽안개 자욱한 강촌의 아침에
자식 잃은 닭이 운다

자유로를 달렸다

먹구름에 가린 하늘이 손바닥만하여
숨 막히는 날엔 살기 위해 자유로를 달렸다

그렇게 가다 보면
늙어 버린 갈대가 백발로 반기고
삐쩍 마른 백학 강섬에서 눈을 맞추었다

'그래 정처도 없는 길
철책 끊긴 교각 이곳에 잠시 쉬었다 가자'
성한 바람이 수척한 나를 품에 안았다 놓았다

가라 다 추월해 가라
낯모르는 사람들에게 맹목의 눈총을 맞으며
이미 자존심은 무너져
느리게 자유로를 달렸다

가온

가온길로만 가자
사랑 가득 찬 길로만 가자
인정이 낮은
음자리 맨 첫 줄
그보다 더욱 아래 가장 낮은 저변
냉정을 거두어 가온(加溫)하여
연가 흐르는 가온길로만 가자

가온대길로만 가자
가다가 가다가
시야 흐리는 하늬바람
세차게 불어 노변에 몰아도
초심 기어이 다잡아
흙먼지 뒤집어쓴 길섶 들꽃
줄지어 반기는 가온대길로만 가자

상처 2

한사코 가시는 임
애틋한 정만은
두고 가시라고

그래도
정녕 가신다면
발병이 나시라고

은밀하게 숨겨 놓은
마음 길의 웅덩이

상처받다

마음이 쾅하고 닫혔다
세월이 약이라고
결국 살다 보면 나아지겠지 하다
나중에 시간이 닫히는 소리는 들어 봤으나
단호하게 면전에서
마음이 닫히는 소리는 처음이었다
"한심한 놈! 또 당했구먼
바람이나 실컷 맞아라"
겨울이 낄낄대며 웃었다
맹목으로 짖어대는 광견처럼
이성 잃어 쌀쌀하게 부는 바람에
눈물샘이 쾅쾅 얼어붙어
눈물도 필요할 때 나오지 않았다
모지랑이가 된 마음이
절룩절룩 걸어 나와
어깨를 감쌌다
"춥다 들어가자!"

마음이 아프다

마음이
앙가슴 한켠이 이지러져
벌집 된 심장 움켜쥐고
생각에게 말했다

아프다
너무 아프다

생각은 무심하게
헛기침하듯 툭 내뱉었다

괜찮아 잠시뿐이야
도와주지 못해서 미안해

생각이
웅크려 주저앉아
마음 뒤에 숨어 울었다

세상에 상처 없는 사람은 없는 거다

세상에 상처 없는 사람은 없는 거다
감추려 하면 더 아픈 것이 상처인데
아프면 아픈 대로 그렇게 지내는 거다

부쩍 야위어 안쓰러운데도 괜찮다고
그 안간힘이 오히려 더욱 아픈 거다

그토록 아팠는데 어떻게 견뎠을까
홀로 하는 가슴앓이가 죄는 아니니
의기소침하지 말고 당당하게 사는 거다

갈라져 끙끙 앓는 대지가 안타까워
구멍 나 더 아픈 하늘이 비를 뿌리듯
상처는 상처로써 치유가 되는 거다

덜 아픈 사람이 더 많이 아픈 사람을
위로하여 그 아픔을 나누어 가질 뿐
세상에 상처 없는 사람은 없는 거다

섬 2

나는 서서
보금자리 내어 줄 터이니
모질음 쓰지 마라

막막했던 세월
가련하게 떠밀려 와
그리 힘들었느냐

노췌한 강물
갈래갈래 물머리
바다로 모여드는 섬목에

어디쯤 왔나
녹초가 된 제 새끼 품듯
너그러이 안아 주마

뱃고동

섬으로 뭍으로
입 맞추어 부벼대는
숱한 만남과 이별
그리움은 위태로이
고물머리에 앉아
동동거리는데
오래된 눈물에 젖어
바다에 가라앉을 듯
사무쳐 노쇠한 배는
서러운 아이처럼
으앙 하고 울었다

숨 쉴 때 많이 사랑하세요

숨 쉴 때 많이 사랑하세요
이별 후에 주는 사랑은
가슴을 찢어 놓을 뿐입니다

준비된 별리라면
시간이 지나면 조금씩 아물 테지만
갑자기 작별이 닥쳐서
사랑을 주지 못해 남는 회한은
이수(離愁)로 숨이 멎는 상처만 남깁니다

동행할 때 많이 사랑하세요
사랑을 미루다 또 미루다
영격(永隔)이 닥친 후
뒤늦게 주려는 사랑은 기약이 없습니다

숨 쉬고 있을 때
더욱 많이 사랑하세요

파스 한 장

잘못된 것도 모르고
괜찮을 거라고 이러다 말 거라고
파스 한 장으로 내내 버텨 왔다

짓무르는 줄도 모르고
순간의 아픔만 모면하기 위하여
파스 한 장씩 사뭇 붙여 왔다

미루어 둔 명절 선물 송장(送狀) 붙여 보내듯
속 사정 뒤숭숭한 어깨
파스 한 장만 붙이면 안심이었다

"간신히 붙어 있네요. 회전근개 파열입니다!"

수술을 앞두고
지긋지긋한 아픔이 파스에 딱 붙어 나오도록
오늘도 의식처럼 파스 한 장을 붙인다

난, 그 사람을 아는가

그리움 짊어지고
벼랑톱 방랑하는
그 사람을 아는가

뭇 설움 메아리로
위연히 갈마드는
그 사람을 아는가

낭랑한 도도함은
너그런 심산유곡
날비에 무너지는데

덴가슴 애처로이
표표히 목 놓아 우는
난, 그 사람을 아는가

난, 벼랑 끝에 서서

천애절벽
외돌아 가는 길
결연히 핀 난 하나
위태로움이 의연하다

이 먼 곳
저 벼랑 끝에서
후들후들 치 떠는
심 여린 나의 자만

발 밑 아찔함은
본색을 잃어버리고
수직으로 매달린 난
옆자리를 파고 든다

지우다 버리다 보면

지우다 버리다 보면
길이 보인다

폐기하지 않는 자
찬란하게 정제된
숨결은 없다

쓰다 지우다
또 쓰다 지우다
반복되는 첨삭

눈부신 보석으로
승화하는 나의 영감

지우다 버리다 보면
금빛 날개로 비상하는
낙원이 보인다

부추

바람난 봄기운에 정분
솔솔 풍긴다 솔이란다
늘어진 사지 부추겨
정력 힘차게 오래도록
유지시킨다 정구지란다
주체하지 못하는 사랑이
졸졸 흐른다 졸이란다

누가 장어 타령이냐
누가 추어 타령이냐

아랑주(餓狼酒) 한 동이 틀고
엉덩이 들썩
치마폭 나풀
얼굴 벌개진 아낙네
허기진 사내 주둥이에
부추전을 우겨 넣는다

꽃은 지다

꽃은 피다
피처럼 끓다
봉오리째 꺾이어
통한의 바다에
꽃잎 산산이 선혈로 뿌려지는데

아무 일 없듯이
지각없는 세상
뱃놀이 벚꽃 놀이가 비정하다

만개의 꿈은 이대로 끝나는가
서로 부여안고
꽃은 지다
각혈하며 떨어졌다
미안하다

꺾여진 꽃

살 만큼 산 노인네가
탐욕의 눈 부릅뜨고
축 늘어진 사타구니에
득실득실한 이를 잡듯
똑 똑 애먼 꽃 모가지를 땄다

제 몸 잃은 어미 아비
꺾여져 발에 밟히는
삼백사 구의 꽃봉오리
줍다 줍다 지쳐
그 자리에 엎어져
피눈물을 쏟았다

행여 누구든
이 가없은 꽃을 보거든
부디 밟지 말고
바람에 산산이 흩어진
이파리 한 조각이라도
내게 수거해 주오

비밀 하나쯤 다 있습니다

쌓아 놓은 모래성 격랑에 다 무너져도
하나쯤 온전히 남아 있듯이
평생 함께 살아온 부부라도
꼭 지켜야 할 비밀 하나쯤 다 있습니다

까만 밤 뭇별 비 오듯 다 쏟아져도
끝끝내 떨어지지 않은 별이 있듯이
평생 의지해 온 하나님에게조차
고해(苦解)하지 못한 비밀 하나쯤 다 있습니다

가슴에서 끄집어내는 일이
너무 힘에 겨워 차마 털어놓지 못했던
가슴 아린 비밀 하나쯤 다 있습니다

2부

_____

그리운 사람 있어
이 땅에 산다

미움

애증처럼 사랑이 우선입니다

사랑해서 미워할 대상이면

미움조차 감사한 일입니다

백일홍

가을이 시작되면서 몸이 아팠다
한창 더위에는 태워 버릴 듯이
꼬박 백일을 빨갛게 피우더니
주변에 온갖 잡초가 거칠수록
바로 옆 쑥대가 쑥쑥 자랄수록
백일홍의 가녀린 이파리는
속절없이 앓고 있었다

눈물겨운 꿈이 위태롭게
네 눈앞에 기세등등했던 여름
가슴 아린 흔적을 회상해 본다
그곳엔 아무도 도와주지 않아
지쳐 널브러진 숨결들이
아직도 가쁜 숨을 몰아쉬었고
아물지 않은 상처의 편린을
뜨거운 가슴에 수습하고 있었다

끝내 슬픔은
결별하지 못하는 원죄던가
뿌리를 흔드는 사무친 정에
낱낱의 잎새마저 생기를 잃고

마당 한구석 누구도 거들떠보지 않는
무정한 땅에서 피어난 백일홍이여
오로지 백일만을 붉지 마라

타오르던 붉은 반점은
서러움 딛고 일어선 표상
한번은 밀려오고 한번은 떠나갈
끊임없이 반복되는 시간 뒤에
기어이 일어설 일촌적심의 사랑아
남이 볼세라 소리 없이
사람 냄새 향긋한 집 근처에서
열정으로 피고 지는
아, 한 그루 백일홍 내 사랑아!

*일촌적심(一寸赤心): 한 토막 붉은 마음이라는 뜻으로, 자신의 참된
정성이나 진심.

엄마의 빨래

한겨울에도
엄마의 빨래는 쉴 틈이 없었다
종일 뒹굴었던 흙탕물 옷가지를
하루 동안 양잿물에 푹 담가
하라는 공부 대신
연일 노는 데 빠진 생각 따윈
다시는 하지 마라
오달지도록 표백시켰다

다 마친 옷을
빨랫줄에 널라치면
매달리지 않으려 한사코 버텼다
금세 야윈 늑골처럼 굳어
골절되듯 겨울바람에
뚝뚝 소리가 날 때마다
줄에서 내려와 엄마 곁에 있고 싶은
자식 바라보듯
엄마의 마음은 아팠으리라

태양

오랜 비가 그치고 난 뒤에야
낯선 태양의 모습을 볼 수 있었다

언제나 태양 아래 살면서도
흐린 날 뒤편에 있는 태양을
생각해 본 적 없는데
비를 다 쏟아 낸 후에야 눈에 띄었다

늘 함께 있어 소중함을 몰랐던
그래서 서운할 법도 했던 태양
나타나면 그제서야
'그래 거기 있었지' 깨닫게 되는
비구름 사이로 비집고 나온
수줍은 한 줌 태양 빛이
이리도 미안하게 할 줄이야

매일 곁에 있어서 고마웠다
가벼움 질책하지 않도록
일부러라도 눈을 맞추어 주마

서툴게 살자

말끔하지 못한 게
죄가 아니다
세련되지 못한 게
잘못은 아니다

치장하지 않은 말이
마음을 흔들고
수줍은 고백이
더 감동을 주는 법

비록 초라하고
능숙하지 않아도
그 질박함으로
가슴에 품을 일 많다

진심을 몰라줘도
서툴게 살자
때로는 어색하게
때로는 어리숙하게

적애(積愛)

받은 사랑
다 갚으려
주다 주다
모두 주다
여분으로
나에게 주마

뒷전으로
밀려도
과분하여
톡톡 털어
때우는
잉여 사랑

내게 갑은

내게 갑(甲)은 흐린 날
일손마저 놓게 하지
내게 갑은 내가 사는 세상
날마다 새로워지게 하지
내게 갑은 당신의 사랑
그 사랑 때문에 살 수 있지

그래서 난 을(乙)이지
부끄러운 병(丙)이지
아무 것도 아닌 정(丁)이지
갚아도 갚아도 끝이 없지만
평생 정(情)으로 갚아야 할
염치없는 정이지

엉덩방아

절정의 우아함 속에
추한 민망이 있고
아름다운 미소 뒤
슬픈 자아가 있구나

투박한 낙상은
절대 미의 자화상
절절한 고상함은
저변의 아픔이거늘

시큰한 엉덩이는
성공을 예감하나니
안타까운 시선이
오히려 민망하다

완벽함을 위하여
여기 저기 쿵쿵
방아 찧는 소리가
밉다 하지 않으리

사랑 처방

과도한 남용은 금물입니다
적당한 사랑의 거리는
짓무름을 방지합니다

하루에 한 번
하루가 시작될 때
'사랑해'라고 말해 주세요
사랑하는 사람이 있다는 건
살면서 큰 힘이 됩니다

사랑에 대가를 바라지 마세요
미련을 두면 쉽게 지치고
피로는 상처가 됩니다

사랑은 반쯤 남겨 두세요
바닥을 드러낸 후
채워지지 않으면
고독해 연명할 수가 없습니다

눈사람

햇살이 주눅 든 우수
아픈 데는 없느냐
밥은 먹었느냐 묻자
겨울은 다 가는데
웬 안부냐고
구석에 방치돼
형벌처럼 끙끙 앓다
때가 되면 미련 없이
떠나겠노라고
가슴에 삽이 꽂힌 채
숯검정 눈물 쏟으며
온몸이 젖도록
그가 서럽게 울었다

고백 2

내 몸의 살이란 살은
죄다 떼어내
그대에게 주노라

내 몸의 뼈란 뼈는
전부 녹여내
그대에게 바치노라

그러면 그대는
그대의 피를 짜서
내 입에 부어 다오

고백 3

바람이 불었다
지는 시간 말고
꽃이 피었다
지는 시간 말고

하늘이 무너지고
땅이 꺼지도록
영겁의 시간을
내내 기다리다

세상 모든 사랑이
물러간 후에

아,
비로소
내가 마지막으로
사랑할 사람이여!

용기에 대한 고백

부끄러이 세상에 고백하건데
미워할 용기가 없어서 미워하지 못했다
사랑할 용기가 없어서 사랑하지 못했다
애당초 아무런 용기는 갖지 못하였으므로
용기 있는 사람으로 보인 건 허상이었다

만만장야(漫漫長夜)의 어둠을 확인하지 않고는
동이 트는 첫새벽이 감격스럽지 않듯이
밤을 꼬박 지새울 용기조차 없던 나는
대가 치르지 않고 요행만을 기다리는
철저히 무책임한 비겁자에 불과하였다

모두가 내다 버리는 죽어 버린 화분에
물을 뿌리는 행위는 용기 있는 자의 것
사지(死地)에서 새 생명의 기적을 부를 만큼
그대의 용기는 건재하십니까?

*만만장야(漫漫長夜): 아주 지루하고 긴 밤.

산 술 자유론, 수리산에서

수리산을 오르다
준비한 음식 앞에 여럿이 둘러앉아 술을 마신다
이미 연분홍 철쭉에 취한 지 오래
청명한 하늘에서 내리는 햇볕은 훌륭한 안주
그렇게 열려진 가슴에 붓는 술은
일상의 고단(孤單) 물리치는 평화다
인정 그리워 허기 채우는 자유다

빵 한 조각 나눌 귀인(貴人)
술 한 잔 나눌 정인(情人) 하나 없는 시대
이 소박한 주찬이 좋다
실한 가자미 식혜 입에 넣어 주며
'많이 먹어라 술 한 잔 못 줘 미안했다'
이 따뜻한 말에 울컥해지니 정에 사무쳤구나
무한한 산정(山情)이 인정이었다

사람 냄새 풍부한 이 다정한 서정의 힘 앞에서
권유하는 술 한 잔 마다하는 사람이 산 사람이냐
몸은 수리산을 내려오나
마음은 태을(太乙)로 하늘을 날아오르니
맞다 세상 거침없는 독수리가 부럽지 않다
옳거니 술은 술이 아니고 자유로운 비상이다
자유다

바다 사랑을

너에게 빠진 나를
밀어내지 마라
원래 사랑은
목숨 거는 것이다
너를 벗어난
뭍 삶이 죽음이니

어느 시인의 부탁

죽은 뒤에는 나무로 살 것이네
살면서 나무 한 그루 심지 않았다면서
뜻밖에도 나무로의 환생을 꿈꾸었다

가장 튼실한 나무 아래에는
가장 잘 썩은 시신이 누워 있어
백년이고 천년이고
아주 깊게 뿌리 내리고
사시사철 푸르름 잃지 않는
상록수로 살아갈 것이야
나를 위한 장송시 한 편 만들 터이니
내가 죽은 후에 목이 메이도록
가장 깊은 슬픔으로 낭송을 부탁하네

나무로 다시 태어나려는 시인에게서
숙연한 나무 향내가 코를 자극하였다

주정차 위반

'주정차를 위반하였으니
과태료를 납부 바랍니다'
기억도 가물가물한 일을 갖고
고지서가 내 잘못을 질책하였다

나의 사랑도 그러하던가
머무르면 안 될 그대 마음에
시간을 잠시 지체하였다 하여
대가를 치르라 강요할 것인가

진입해선 안 될 그대 마음에
끝내 자리 잡았다 하여
강제 견인하여 퇴각시킬 것인가

조각

한때는
소중한 가치였느니
시간과 공간을
움켜쥐고
존재하였을 너
산산이 부서진 몸으로
무상무념으로
천년을 산다
그게 좋은 거다
흔쾌한 망각
그 조각

공중전화 박스 1

끝도 없는 시간을
아무도 찾는 사람 없이 덩그러니 서 있었다
어떤 이는 지겨워했고 어떤 이는 불편해 하였다

존재조차 망각할 때쯤
상엿집 들여다보듯 그 안을 숨죽여 보았다

전화기에도 유리창에도
숱한 외침들이 묻어 있었고
애타게 기다리던 무수한 발신음들이
과거 속에 갇혀 있었다

문을 여는 순간
흔적 지우려는지 한꺼번에 뛰쳐나왔다
모두 다 게워낸 공중전화 박스는
바람 빠진 풍선처럼 그 자리에 주저앉았다

공중전화 박스 2

쓰러질 듯 늙은 나무 아래
비스듬 졸고 있는 공중전화
아무도 찾지 않으니 기다릴 이유도 없다

앞 사람 긴 통화에
돌아선 사람 더 돌아설까
예전처럼 조바심 낼 일 없겠지

바닥난 동전은 똑똑 떨어지는데
몇 마디 말도 없이 서운한 숨소리만 들릴 뿐

사랑했던 사람이여!
내 비록 늙어 가나 영문 모를 결별 기억하나니
그대의 침묵을 해명해 다오

전국에 폭염 특보 속
빵 한 조각 손에 쥔 노숙인
공중전화 박스에서 잠이 들었다

사랑 송금

나는 오늘 나의 통장에
얼마간의 사랑을 송금하였습니다
수취인과 의뢰인이 동일한
나를 위한 나의 사랑이
한동안 나를 지탱해 줄 것입니다
아무도 관심 주지 않아
타인처럼 외면당해 자존감이 상처받을 때
필요한 만큼만 인출할 것입니다
통장 잔고가 바닥날 때쯤
마치 채권자에 빚진 사람처럼
어떻게든 다시 송금할 것입니다
채워진 사랑은 나를 위해 쓰여지다
언젠가 나타날 내 사람에게
남아있는 사랑 전부를
하나도 남김없이 줄 것입니다
과도한 세금을 감수하면서 증여한 그 사랑이
결국은 몇 배로 불리어져
내게 돌아올 것을 믿기 때문입니다

편지지 몇 칸

그대에게 편지를 쓰면서
편지지 가장 윗줄 한 칸 또 한 칸
그 몇 칸을 비워 놓겠습니다

눈을 지그시 감은 채
오직 그대만을 생각하며
선뜻 써 내려가지 못한 주저함과
미처 꺼내지 못한 멈칫거린 시간까지
모두 상상할 수 있도록
침묵의 소리를 들려 드리겠습니다

왜 비웠느냐고
하고 싶은 말이 무엇이었냐고
섣불리 묻지 않고
가슴으로 느끼고 있을 그대의 숨소리로
마저 채워 넣을 수 있도록
편지지 마지막 밑줄 또 몇 칸을
비워 드리겠습니다

추억은 멀다

창밖 풍경
늙은 발목 붙들어
칸칸이 정지된 열차
이정표 망실하여
막막하다

천년만년
끝 간 데 없이
수혈로 가는 길
딱딱히 응고되어
모두 끊기고

남루한 일기장
맹인 점자 더듬듯
켜켜이 묵은 필름
되돌려 회상하기엔
추억은 멀다

겨울나무 3

지은 죄도 없는데
죄수처럼 줄을 세워
무심한 사람들 앞에
그대로 서서
숙이라 하였다

죽도록 수치스러운데
아무런 준비도 없이
정신 나간 여인처럼
알몸인 채로
견디라 하였다

온기가 있으려나
땅 속에 묻은 발목은
심한 동상에 무감각한데
참담한 몸 구제할
봄은 정녕 오고 있을까

작은 여행

급하게 떠났던 작은 여행
창가에 비친 설경
우두커니 바라보다
닫아 버린 지난 겨울
경사진 길 위
낙상했던 사랑을 후회하였다

그리움 모두
세월에 묻힐 거란 막연한 다짐이
온통 미련뿐인 화살로 돌아 와
불주사 놓듯
수척하도록 아프게
후벼 파고 있었다

가자, 봄으로
겨울은 지나고 있다

버림

담담하게 버렸던 것들을 되찾는 기분을 알까
아주 오래 전의 것들이
당당하게 내 앞에 돌아왔을 때의 기분
지금은 내 것이 아니어서
한때는 내 것이었다고
아주 작은 목소리라도 소유권을 주장할 순 없지만
돌이켜 생각해 보며 많이 아쉬워할 때쯤
아무 일 없듯이 원래 모습으로 돌아와서
'그 때는 왜 그랬어?'
투정하는 널 바라보는 기분

다시는 버려지기 싫다고 냉정함을 책망하기보다
자괴감에 치를 떨었을 너
길들여진 종속이 무너져
주인 잃은 슬픔이 더욱 힘들었을 너
버리는 홀가분함보다
다시 되찾게 되는 기쁨이 이토록 감격스러운 건
버림받은 너의 아픔을 속죄할 수 있기 때문이지
늦지 않았어
내 곁에 익숙한 것들을
무심히라도 결코 버리지 않아야 할 일

남해 금산을 오르며

세상 이골 저골 보기 싫어
남해 금산 자락 이골 저골 찾는다
외진 응달 듬직한 바위 끌어안고
한시도 분리될 줄 모르는 노박덩쿨 사랑
속세 버리지 못한 나와 같아
상사암에서 바라 본 바다 저편
애욕 점점이 섬으로 떠 있고

사랑 놀음에
애비 진시황의 눈 밖에 난 부소
먼 타국 심산유곡에 유배되어
왕위 오르지 못하고
고뇌하는 바위로 남았듯
원효도 쌍홍문 넘어 쌍무지개 보지 못하고
해돋이만 학수고대하다 갔겠지

떠밀려 반가부좌 튼 상사(想思)
동백 꽃내음에 참선정진 멈추고
망연히 바라본 보리암 동종 울리지 못하는
철천의 고독이 서러워
성불을 포기한 채
정자 처마에 한려 풍경 매달다
익명의 사모(思慕)가 끝내
기슭에 닻을 내리지 못하게 하였다

낙화

센 바람에
나뭇가지 부러졌다
동반 낙하하는
뭇·꽃들의
아우성

꽃은
비바람에 변주되다
장엄 미사로
속절없이
지었다

밥 한 끼니

함께 의지하고 살아야 하는 것이 진정 사람이라면
내 밥그릇 나눌 수 있다
산 사람 밥 한 끼 대접하기 벌벌 떨면서
죽은 사람 배 채우려 밥무덤 만든다

세상이 넉넉지 못하여 벼랑으로 내몰려
오죽하면 들개처럼 쓰레기 뒤져
버린 밥 도적질할까
밥 머슴을 해서라도 빌어먹어야 하나
세상은 밥 한 끼니를 거저 허락하지 않았다

밥 한 끼니 안 먹는다고 이 한몸 죽날까만
내 밥 나누지 못하여 영혼이 소멸되기 전
누구에게나 고귀한 삶을 위하여
쥐코밥상이라도 결박한 내 한 끼니의 밥줄을 풀자

얼레지

바람난 여인은
요염한 자태로
유혹을 하네
얼레 얼레 얼레지

얼굴 벌개진 남정네
다급한 노래로
말을 더듬네
아가 아가 아가씨

선혈이 낭자한
자줏빛 사랑은
절벽 바위틈에도
숨이 넘어가도록
비명이다

백합화

가자 가자
내 사랑하는 사람아
슬픔이 처연하여
통곡하는 골짜기에서
기쁨이 반기도록
해 뜨는 언덕으로 나가자

날자 날자
애써 부인하는 사람아
구애의 음성이
쩌렁쩌렁 울리 퍼지는
낭떠러지 철창 밖으로
내 손 잡아 하늘을 날자

깊은 잠에서 깨어나
절벽에서 생환한
어느 봄 날
눈이 부셔
인상 찡그린
한 송이 백합화

문으로 가자

문으로 가자
문도 열지 않으면 담
담이 높으면 벽
벽을 드나드는
길이 있으면 문이다

절망 아슬히 매달린
통곡의 칼벼랑
손이 닿을 듯한
아주 작은 암혈은
기적의 문이다

문으로 가자
고뇌 짊어지고
출구로 구원자 가듯
위로가 산적한
좁은 문으로 가자

겉멋은 상처로 깊이 패이다

선물하려고
포장지를 자르다 손을 베었다
철철 피가 나 지혈 시키는데도 애를 먹었다
붕대를 감고 간신히 포장해 선물했는데
포장은 본체만체 내용만 보느라 정신이 없다
서운했지만
어설픈 본색 감추는 치장은
언제든 쉽게 외면당하는 허구일 뿐이라
늘상 근사하게만 포장하려 했던 겉멋은
상처로 깊이 패였다

단체 사진을 찍을 때마다

단체 사진을 찍을 때마다
맨 뒤 혹은 구석진 자리를 선호한다
잘 나지도 못하고
잘 나가지도 못하기에
남들 서로 다투어 서려는 앞줄은
주눅이 들어 피하게 된다

자의반 타의반 후미진 곳으로 밀려
있어도 보이지 않는 투명인간처럼
때로는 잘 생긴 사람에게
때로는 키가 큰 사람에게
묻히면 묻히는 대로
얼굴이 절반쯤 가려진 채 그대로 있다

동상처럼 일시 정지된 자세에서
억지로 웃으라고 주문하면 웃고
억지로 화이팅을 외치라고 하면
어쩌면 그렇게 잘들 따라 하는지
홀로 설 수 없는 꼭두각시가 따로 없다
세상이 내 뜻대로 될 순 없기에
타인의 요구에 맡길 수밖에 없겠지

그러다가
나의 삶만큼 그 어정쩡한 자리가
불편해서 주저앉고 싶어지다가
누추한 흔적이라도 남기고 싶어
발뒤꿈치를 바짝 세우고서
잘난 사람들 사이로
얼굴을 들이밀고 싶을 때도 가끔은 있다

연분

슬쩍슬쩍 보여 주는 미소에
폭풍에 출렁이는 바다처럼
차가운 가슴 설레였다고
다 연분은 아니다

가랑가랑 가득 고인 슬픔에
흩날리는 민들레 씨앗처럼
감춰진 마음 흔들렸다고
다 연분은 아니다

휘유휘유 실바람에 숭숭 구멍이 뚫려
미친 사람처럼 헤픈 웃음 풀어내도
다 연분은 아니다

기엄기엄 찰거머리로 붙는
구애에 몸서리치다
한순간에 와락 무너지고 마는
그게 바로 연분이다

빨간 등대 아래에서

피딱지로 페인트가 뚝뚝 떨어져 나간
빨간 등대 아래
바닷물이 들어찬 하얀 운동화가
가지런히 놓여 있었다
누굴까?
순간 방파제를 때리는 사나운 파도를
정면으로 응시하였다
설마
익명의 절박함이 대체 무엇이었을까
무슨 단서가 있을까 싶어 신발을 귀에 대보았다
'내 탓은 아니다'
회피하는 바람들이 웅성거리고 있었다
네가 누군지 모르나
너의 고난을 같이 아파해 주마
주인이 가는 길 외롭지 않게 동행하라
신발을 들어 바다로 힘껏 내던졌다
함께 가라!
끊임없이 주름살로 밀려오는 파도가
부쩍 강말라 보였다

그리운 사람 있어 이 땅에 산다

이름 모를 별 어디쯤 뚝 떨어져 산다면
사랑한다고 사랑할 수 있을까
가까워진 달 어디쯤 홀로 살고 있다면
미워한다고 미워할 수 있을까

어두우면 어두운대로
밝으면 밝은 대로
이 땅의 모든 것을 사랑하자
힘든 오늘이 지나고 나면
아무 일 없듯이 마중 나와 기다리고 있을
이 땅의 내일을 사랑하자

별이 수없이 많아도
하늘이 어둡기는 마찬가지

단맛 쓴맛 다 보고 식상하는 사람아
나는 그리운 사람이 있어 이 땅에 산다
설운 사람 품고 갈 사람 있어
악착같이 이 땅에 산다

후포

있는지 없는지
해무만 바라보다 왔습니다
민낯 보이기를 낯설어하는
후포의 쓸쓸한 뒷모습만
더듬거리다 오기를
가끔은 술 한 잔으로
가끔은 커피 한 잔으로
한순간에 무너지는 것이
미리 활짝 열어 둔
감성 때문임을 알면서도
한 겹 한 겹 빨갛게 벗고
허기진 사랑에 젖을 물리는
해 넘어가는 바다를
보고 싶었을 뿐이었습니다

그리움 4

바람이 불어와
창문 커튼 펄럭이거든
행여라도
나의 사랑이
너를 못 잊어
찾아온 것이라 생각해

낙엽이 떨어져
차창 앞 유리에 붙어 오거든
설마라도
나의 사랑이
너를 지켜보려
찾아온 것이라 생각해

아득한 당신
스쳐 지나가는 것들조차
혹시라도
나의 그리움이
항상 너만을
찾아올 거라고 생각해

3부

봄날은 가지 않는다

딱 한 편만 쓰고
그만두려 했던 시를
이내 평생을 써 왔듯이
거북이 산에 오르듯
신세계 교향곡 2악장을
나무 그늘에 누워 들으며

낯설음

낯선 곳에서 낯선 사람과
눈을 마주쳐 본 사람은 안다
잠깐 사이에도 시선을
어디로 둘지 몰라
그대로 얼어붙어 난처했던 기억을

으르렁 대는 짐승도
시간이 가면
언제 그랬냐는 듯 뒹굴고 놀듯

낯설다는 것
익숙해지기 전까지는
순간의 넘기 어려운 장벽

낯설음아 빨리 가다오
담장의 넝쿨처럼 더디 넘지 말고

나무 타기

너무 높이 올라가지 마
강한 비바람이 불어오면
가장 먼저 추락할 거야
너무 빨리 올라가지 마
나중 사람에게 떠밀려
설 자리를 잃고 말 거야
찬찬히 주위 살펴 가며
힘겨운 사람 손도 잡아 주고
지친 사람 등도 밀어 주고
발붙일 곳 없는 사람
어깨로 받쳐 주고

잔설(殘雪)

잔설이 남은 모퉁이에
하트를 그렸다
얼마나 버틸 것인가
눈이 녹아도 없어지고
눈이 더 내려도 사라지고 말
우리네 시한부의 삶

시나브로 침식되는
잔설이 남아 있을 때까지만
사랑은 지속될 것이다
싫든 좋든
그게 운명이다
그게 사랑이다

우체통

고백이 부담스러워
두근거리는 가슴으로
다가서는 이가 있다

다들 외면하는 내게
다소곳이 고개 숙이고
들여다보는 이가 있다

망설이다 보내놓고
마음 보일까 후회하고
서성이는 이가 있다

빠알갛게 달아 올라
수줍어하는 이들이
난처하지 않도록

더 빨갛게 차려입고
따뜻하게 맞이한다
어서 와, 어서 오렴!

슬픔 처방

사흘치 슬픔을 처방 받았다면
먼저
슬픔이 모두 소진될 때까지
반드시 마음속을 비워 둘 것

첫날은
살면서 눈물 따윈 없도록
나오는 눈물은 참지 말고
차라리 오열하도록 내버려둘 것

둘째 날은
슬픔 속에 들어 있을 절망은
모두 배설되도록
잘근잘근 씹어 한꺼번에 삼킬 것

셋째 날에는
혹시라도 훗날 닥칠 슬픔이
조금도 슬프지 않게
슬픔을 가슴에 꾹꾹 채워 둘 것

가파도 마라도

얼기설기 이어 엮은 이엉 너머
놀멍쉬멍 구름 넘는 곳
마음 빚 너그러이
갚아도 그만 말아도 그만이라지
가파른 파도 없이
바다 다운 바다가 사는 곳
가파도

까닭 없이 시비 거는 바람 없이
사부랑삽작 너울이 이는 곳
고씨 부씨 양씨들
외지 사람 김씨 이씨 박씨
모두 제 몸처럼 아끼는
사람다운 사람이 사는 곳
마라도

기다림

사랑하는 이를
기다려 본 사람은 안다
출입문의 미세한 떨림과 소리까지
한시도 촉각을 놓지 않는다는 것을

문을 응시하면서
많은 사람이 설레였고
뭇 사람들이 절망하였을
열리며… 닫히며…
교차했을 헤아릴 수 없는 희(喜), 비(悲)

길들임은 서두르지 않는 것
길들여짐은 모든 발자국에 가슴 뛰는 것
종속되어지기 위한 기다림은 하염없다

때로는 익숙함으로
가끔은 난처함으로

수곡(收穀)

흔들어 쭉정이는 날아가고
알곡만 남으래서
두 다리에 힘을 줘
생을 지탱하였다

기울여 잔챙이는 떨어지고
왕건이만 살으래서
악착같이 매달려
명을 부지하였다

비산하고 추락하는
위태로운 길 위에 얼빠진 혼
아무렇게 내놓고
여생을 논하지 마라

살아남은 자 누구도
한시도 방심한 적 없는
흔들기와 기울기
거저 얻어지는 생존은
세상에 없다

우울

'화'라는 이름의
마음속 용광로에
절망이란 쇠붙이를
끊임없이 집어넣는
울적한 생각의
끝도 없는 반복

독설 2

아무 생각 없이 그랬다고 합니다
쓰나미로 가슴 복판을 쓸어버렸어도
그럴 의도는 없었다고 합니다

욱하는 성질 때문에 그랬다고 합니다
설도(舌刀)로 가슴을 난자해 놓고도
뒤끝이 없는 사람이라고 합니다

뒤끝도 없고 의도하지 않았는데
왜 당신은 가만히 있는 사람의
살과 뼈를 그리도 잘게 씹으셨나요?

나침반

나이 어려 집 떠나
이제야 찾는다
침묵하며 지내온 세월은
말이 없고
반색하고 반기는
귀향길 들꽃

나침반의 바늘은
항상 흔들렸으나
어머니 자궁 같은
고향으로 가는 방위는
한 번도 벗어난 적 없었다

말을 한다는 건

말을 한다는 건
한 땀 한 땀 뜨는 뜨개질과 같다
한번 뱉으면 주워 담을 수 없듯이
뜨개바늘 첫코를 실패한다면
마지막 코에서 다시 풀어야 하듯
부질없이 기움질하지 않도록
입을 함부로 놀릴 일이 아니다
수만 년 전의 일을 증거하는
암반에 새겨진 암각화처럼
타인의 영혼에 각인되는 말이
작은 자음과 모음의 조각들로
큰 의미를 만들어 내듯
한마디 한마디 말을 한다는 건
소박한 날실과 씨실로
세상에 하나밖에 없는
아름다운 옷 한 벌 짓는 일이다

어쩌자고 비는 그리 오는지

이별이 예기치 않게 오는 것이듯
예보도 없이 불현듯 비가 쏟아져 내렸다
사랑하는 이를 떠나보내고
비마저 내린다면 그 슬픔에 압도되어
가뜩이나 이별하기 싫은 날
빨리 가라 한사코 등을 떠미는 거겠지

눈물이 흘러 얼굴이 젖기 전에
비가 내려 주는 그까짓 배려는 필요 없는데
차라리 비 대신 햇살이 따뜻했다면
마음이 너그러워져 이별은 없었을 텐데
밤은 더디 가고 비는 하염이 없다

결코 원하지도 않았는데
어쩌자고 비는 그리 오는지
올 테면 아무 것도 기억하지 못하게 펑펑 쏟아져라
우연히라도 억수비 피하려 기대어 올 때
그 마음으로도 이별하지 못하게

강추위

사나운 동장군이
긴 칼 뽑아 들고
등골 서늘하게
휙휙 바람을 가르며
두꺼운 갑옷 속
움츠린 속살을 노린다

위세에 눌린 태양은
구름 뒤 잠복하고
잠시 숨을 고르다
홀연히 한 줌 빛
자객으로 나타나
결투를 벌인다

살 떨리는 공방 끝
소름 돋는 칼날에
급소를 다친 태양
얼어붙듯 미동도 없이
치욕의 굴복을 한다

침묵

침묵은 고독한 자의 설움
말하지 않아도 그리움은 안다
당신의 마음으로 가는 길은
이 제한된 몇 마디 말로는 결코 어림도 없지만
서러움 차곡차곡 쌓아 둔 채
절절한 사랑이 그대 마음에 도달할 때까지
힘들어도 많이 힘들어도
침묵으로만 부른다

그악스럽게 변명을 일삼던
죽은 듯 침울했던 적막
적적함이 극에 달해 굳게 다물고 있는
가슴이 터지도록 치고 싶었다

지긋지긋하게 흐르던 정적
거짓 사랑으로 침묵이 난처하여
의도적으로 말만 많아 때때로 혀가 꼬여
제 멋대로 좌충우돌하였다

아, 과묵한 당신
숱한 인연의 시종(始終)을 알 수 없는

멍한 허허로움을 뒤로하고 가부좌 틀고 앉아
잔잔한 미소로 말문을 닫아 버린
잠적해 버린 겨울

한꺼번에 쏟아지는 폭설 같은 말보다
더 큰 사랑을 고백하려 인내심으로 말을 가둘 때
큰 감동으로 가슴 저미는
고백할 말이 너무 많아
그리움이 부풀어 터지도록
할 말 다하지 못해 꾹 입 다문
당신과 나의 침묵

정적

일상에 누적된 상념
한 잔의 커피로 씻어 내고 싶어 들어간 카페에

일제히 말의 포문 연
많은 사람들의 작지 않은 크기의 말. 말. 말.
심지어
동행한 사람의 말조차 들리지 않고
끊임없이 움직이는 입 모양만 얼핏얼핏 보일 뿐

자극도 핀잔도 중요하지 않다
함께 있지만 없는 것처럼
보여도 안 보이는 것처럼 간주해 다오
부재중인 나의 실체는
아직 돌아올 생각이 없다

들리지 않고 말할 필요도 없고
나는 오로지 정적이다

오선지

위에 계시면 내려오세요
아래에 계시면 제가 내려가겠습니다
같은 길에서 같은 마음으로
한 곳만 바라보고 갑시다
너무 앞서 가지 마시고
뒤도 바라보지 말고
나와 함께 보조를 맞추어 갑시다
불협화음은
서로 다른 길에서 서로 다른 생각으로
자기 소리만 낼 때 나는 소리입니다
마음의 간격을 점차 좁히어
욕심 줄 모두 버려두고 내게로 오세요
자, 내 손을 잡으세요

기찻길

동행은
평생의 그리움이라
침묵으로 말한다

점으로
소멸될 때까지
당신만을 기다릴 뿐

침목(枕木)

때로는 외롭게
때로는 지루하게
적당한 간격으로
앞만 보고 달리는 사랑 아래
마음 접지 않도록
든든하게 받쳐 주는
추억이 있다

시시때때로
육중한 무게로 다가오는
별리의 위기를
애증으로 버티어
이별 없는 사랑의 길 터 주려
대견스레 침묵하는
줄지어 선 침목

고독

텅 빈 카페에 홀로 앉아 있다 갑니다
내가 있던 자리에 고독 한 톨 남겨 놓았습니다
비가 자양분이 되어 쑥쑥 자랄 것입니다

누군가 그 자리에 앉게 된다면
그들도 난치의 병에 감염되어
구멍 난 가슴으로 불어오는 숨 막히는 열풍에도
오한으로 넌덜을 낼 것입니다

그렇게 태어난 고독은 훌쩍 자라
궂은 날이면 쑤셔 오는 관절의 아픔처럼
우울이 범람하는 늪을 찾아 몸부림칠 것입니다

그러다 불가항력을 깨달은 사람들이
절망으로 수도 없이 복제된 허무 속의 나를
냉정과 이성으로 구하려 할 것입니다

하지만
훌쩍 떠나 버린 그대가 홀연 나타나지 않는 한
결코 쾌유되지 않을 것입니다
고독은 사랑하는 이를 연모(戀慕)한 야속한 대가였습니다

쑥

오래오래 살아라
죽어도 안 죽으려면
잘 살아야지
쑥대밭 폐허에서
참쑥으로
약쑥으로
나와 같구나
너의 질긴 생명력
너의 적자생존

대못

가슴에 대못이 박힌 채 살아왔다
상처 준 사람들 보란 듯
부러 아무렇지도 않은 척
인내하며 삭인 부풀어 과장된 삶

눈물이 뿌려진 양지 바른 언덕
햇빛 달궈진 가을 바위에
고개 끄덕이는 하늘 보고 누워
모든 세상 죄 대속하려
십자가에 박힌 못 제거하듯
제 손으로 막힌 혈관에 엉겨 붙은
녹슨 대못을 뽑는다

링거처럼 용서가 똑똑 떨어지고
피시식 설움이 빠져나가
허한 가슴은 바짝 응축되었다

때마침 불어오는 바람에
경쾌해진 몸은 떠서 날아다녔고
묵은 아픔은 실도랑으로 흐르다
강으로 합류하고
바다로 안착하여 희석되었다

계란

애당초 등급이 매겨져
껍데기에 가격표가 붙을 때부터
그의 미래는 없었다

바닥에 혈흔은 그대로인 채
좁디좁은 닭장에서
아빠가 누군지도 모르고 태어났다

날아 보지도 못하고 깨진 꿈
사랑도 안 해 본 놈이 노른자가 무슨 소용
호화 만찬에 올려진다 해도
입장이 달라질 건 없었다

그의 처지를 알면서도
계란 하나를 집어 깨뜨려
기름이 펄펄 끓는 프라이팬에 넣었다
잔인하게도

완장

완장 찬 머슴에게 칼을 뺏어라
팔에 완장 채워 준 건
기존 질서 무너뜨리라 준 완력이 아니었다

손에 칼 쥐어 준 건
생각 다른 사람 해치라 준 권력이 아니었다

살상 끝내고 칼집에 꽂은 칼이
다시 뽑혀져 제 가슴에 꽂히는
복수혈전은 이쯤에서 끝내자

세상은 돌고 도는 것
대 이어 완장 찰 팔뚝에
화무십일홍 불도장을 찍어라
살기등등한 광견의 완장을 벗겨라

*화무십일홍(花無十日紅): 열흘 동안 붉은 꽃은 없다는 뜻.

옛것

옛것이다 외면하고
지겹다 버리더니
다시 사랑하겠노라
이제 와 열광하네

땅에 추락한 별똥별
기라성으로 일어나
성전 닮은 무대 위
십자가에 내걸렸다

고전이 부활하니
떼창으로 화답하는
유명했으나 무실했던
아, 명불허전이여!

백지화

충족하려고만 하지 않았나
평생을 채우고 또 채워
더 채울 수 없는 이 지경에
기형적으로 머리만 커져
그것이 흉인지도 모르고
잘난 체 그리 살았다

생각이 많아지면 심란해지고
배가 부르면 자만에 빠지듯
득음 이룬 천상의 절창이
몸 비운 고행에서 나오고
목관악기 아름다운 연주도
속이 비었기에 가능한 것

숨 막히게 비만한 몸도
빈틈없이 들어찬 마음도
비우지 못한 머리 탓
비워야지 하얗게 비워야지
골이 빈 건 백치가 아니라
자랑스런 백지화다

씨

불씨 발화하여 불꽃 터뜨리려면
바람이 불어야 하듯
봄아씨 흔들어 사랑하려면
봄바람 나야 한다

홀씨가 발아하여 열매 맺으려면
흙이 따뜻해야 하듯
마음씨 싹터 사랑 꽃 피우려면
가슴이 뜨거워야 한다

봄날은 가지 않는다

봄날은 가지 않는다
그 후의 봄들이
가까이든 멀리든
줄지어 오고 있는데

눈으로만 보려 하고
가슴으론 볼 수 없는
제한된 봄만으로
봄이 간다 속단하지 마라

보여 주는 면면이
정당한 봄이 아니었으므로
보지 못하는 맹목을
탓하진 않으리

기사회생 시키려
터걱터걱 달려오나니
절망 따윈 잊어버려
결코 봄날은 가지 않는다

시간은

시간은
추억의 소멸 과정
미래는 추억을 준비하고
현재는 추억을 실행하고
과거는 추억을 잊기 위해
존재하는 것

시간은
추억 쌓고 허물기
흔적 지우기

분노 미움 그리고 용서

분노
울화처럼 火가 밑천입니다
'분'을 NO라고 부정하듯
시간이 가면 꺼지기 마련입니다

미움
애증처럼 사랑이 우선입니다
사랑해서 미워할 대상이면
미움조차 감사한 일입니다

용서
분노도 미움도
용서라는 한 울타리에
같이 살고 있는 한 식구입니다

가슴이 아프단 말인 줄도 모르고

"아빠 마음만 마음이야?
내 마음도 마음이야!"
다섯 살짜리 딸에게서
이 말을 들을 땐 그 당돌함에
마냥 귀엽게만 느꼈었다
"그 말이 무슨 말이니?"
되물으니 가슴이 아프단 말이란다
무심코 아이를 무시한 이유로
상처 받았다는 그 말을
봄 새싹 같은 아이 입술에서 나온
가슴 치는 소리를 듣고도
그걸 깨닫지 못하다
수십 년이 흐르고
그 아이가 시집을 가서
또 딸아이를 낳은 뒤에야
문득 그 때 그 말을 생각한다
내가 미안했어
가슴 아프게 한 날 용서하렴

그러니까

그러니까, 이처럼
유쾌하게 만드는 말이 있을까 몰라

고개도 끄덕이고 맞장구도 쳐주며
중간 중간 넣어 주는 추임새
끝까지 말을 다 듣고 나서
'나도 같은 생각이야'
지체 없이 동의해 주는 말

그 안에는
마음으로 가는 길이 열려 있고
아픈 생채기 보듬어 주는
따뜻한 위로가 있지
'누가 뭐래도 난 널 믿어'
신뢰하는 마음만 있지

그러니까, 이처럼
좋아한다는 직설의 고백보다
한꺼번에 경계심이 무너지는 말이
또 있을까 몰라

능소화 1

몸푼 지 얼마나 되었다고
길바닥에 누웠느냐
비마저 내려
싸늘하게 식어 가는 너
이별 없는 곳에서
다시 태어나
오래오래 살으라고
너의 체온 남아 있는 담장에
힘겹게
'근조(謹弔)'라고 썼다

능소화 2

동백 꼭 닮아
절정의 미모 주체 못해
길 위에 방황했는지

끙끙 앓으며
몸져누운 너를
피해 걷다 멈췄다

힘들었구나
출혈 심해 창백한 몸
일으켜 세웠다

엄마 품으로 돌아가라
다시는 나오지 마
세상 밖은 위험하다

'참'이란 말

'참'이란 말
너무 무겁지 않게
어긋남이 없도록 다짐하는 말
의심하지 않고
'그래 난 널 믿어'라고 인정하는 말

많이 화가 나도
참이란 말 한마디로 분을 삭이는 말
일하는 중간중간 잠시 쉬어 가라
허기를 채워 주는 말

참이라고 부르면
꽃잎에 나비가 앉듯
입술이 살며시 열렸다
지그시 닫히어 사붓이 들리는 말
'참'이란 말

불씨

등신처럼
그것이 화근인 줄도 모르고
불씨 한 톨을 선물 받았습니다
누군가에게 주기도 그래서
그냥 마음속에 두었습니다
특별한 자양분도 주지 않았는데
점점 자라 화를 키웠습니다
이미 가슴의 절반은 검게 타
희뿌연 재만 남았습니다
남은 가슴의 절반마저
다 타도록 내버려둘 생각입니다
그렇게 모두 비워 낸 그 가슴으로
잊혀진 사람들
떠난 사람들
불씨를 내게 건네 준 사람마저
다 불러내 다시 내 가슴에
채워야 하겠습니다
불씨를 받은 건 용서라는
소중한 선물이었습니다

가을 역에서는

느린 발걸음은
누르던 슬픔을 키우는 중이었다

깨진 유리창은
웃는 얼굴도 이그러뜨리고
이별이 서러워
등 떠미는 바람도 아속하였다

"가지마 가지마
이번에 가면 다신 안 올 거잖아!"

가을 역에서는
떠나는 것들이 여전히 웅성거렸다

자서(自敍)

파란과 만장이
뒤죽박죽되어
나의 행적은
망실되었다

우여와 곡절이
얽히고설키어
절대 풀지 못할
압축 파일

네 탓이 아니다

의심했지만
네 탓이 아님을
요동치는 바다를 보고 확신하였다

흔드는 건
기저를 틀어 쥔 저변의 땅인데
흔들리는 바다만 원망하였다

원인도 모른 채
그저 흔드니 흔들릴 뿐이었다

자책하지 마라
몸부림은 세상 여건에 맞추어 가는 중
흔들리는 건 결코 네 탓이 아니다

농구 골대

잘 먹어 기름진 나를
아래로 내려다보며
부럽게 바라보는 사람

삐뚤삐뚤 감질나게
던져 주는 먹이에
화가 날 만도 한데
날름날름 혀만 스쳐
입맛만 다시면서
그대로 기다릴 뿐이다

적중하지 못하고
주변만 맴도는 내게
'자, 다시 던져봐!'
자꾸 서둘러 재촉하는
못 먹어서 구부정한
야윈 골리앗 철인

4부

네가 돌아선 순간부터
눈이 내렸다

사랑하려거든 염소를 봐

슬픔 자르듯

울음도 뚝뚝

등뼈가 보이도록 삐쩍 마르지

부탁해

무소식에 실망 마라
나는 죽는 날까지
시만 열심히
쓰고 있을 터이니
먼 훗날 잊혀질 때쯤
그 시들에 풍선을 달아
한꺼번에 하늘로 띄우면
얼핏얼핏 보게 될지도 몰라
혹여 그럴 수 있다면
그 시는 나의 분신이니
홀대는 하지 말아 줘
부탁해

나는 나에서 산다

산은 산에서 살고
하늘은 온통
하늘뿐인 곳에서 살아가는데
나는 어디에서 연명하고 있느냐

땅은 땅에서 자리 잡아 당당하고
바다는 바다에서 살아남아 감동인데
나는 이방인으로 홀대 받고 있구나

가장 반겨 주는 곳
가장 떳떳한 곳
마음 다치지 않도록 나에서 살아야지
나는 이제
나에서 살 것이다

복면

억압된 본능
해학으로 화합하는 광대의 탈이 운다

검은 장막 의지하여 비겁함 위장하는
두 얼굴의 민낯이 척연하더냐
편견 따윈 핑계일 터
허상 뒤 숨지 말고 당당하게 세상 바라봐
중립을 저해하는 정체성이 가없다

비수 품고 여차하면 잠적하는
가학의 또 다른 너
익명의 괘서(掛書)처럼
호시탐탐 숨통을 노리는 자여
그대의 복면을 불허하노라

늙은 대포

한 개비의 성냥불이라도 그리운
찬바람에 힘겨웁게 쓰러져
울룩울룩 가래 끓는
늙은 대포를 바라본다

살생의 욕망을 불태우며
얼마나 많은 화염을 쏟아냈던가

죗값을 치르듯 구석에 쳐박혀
노숙하는 폐인의 얼굴로
동정을 구걸하고 있다

죽은 자는 말이 없고
철없는 이방인들 여럿이
대포 주둥이에 행운을 빌며
동전 몇 닢 적선하고 있다

중년 1

무작정 달려온 시간
난들 오고 싶어 왔겠는가
푸석푸석 탄력 잃은 얼굴
난들 보고 싶어 보겠는가
세월의 끈은 흐물해지고
끝이 아닌데 접으라 한다
진화와 노화는 꼭지점에서
필사적으로 서로를 밀어내고
다시 진화하는 특별한 노화
이탈된 머리카락을 주우며
팔자는 깊게 고랑지는데
눈물 삼키는 늦은 가을
아! 세월아 가느냐
고개 숙인 내 사랑의 몸은 슬프다

중년 2

육십이 다 되도록
물동이를 이고 살았다
휘청일 때마다
굵은 물줄기 연신 쏟아졌는데
불안한 듯 보는 사람들이
"하늘만 보지 말고
땅도 보고 살아가소"
한마디씩 했었다
물동이는 흠뻑 젖은 머리 위에서
"갈 길은 아직 멀었다
가자 가자"
흔들리는 어깨가 굽어지도록
아프게 물채찍을 갈겼다

밀가루 음식

미싱 돌리던 청계천 평화시장 여공들
고향 그리워 눈물로 먹던 수제비를 나는
가난을 잊지 않기 위해서라도 먹겠다

밤새도록 추위에 오그라든 노숙자들
바닥까지 핥으며 먹던 잔치국수를 나는
절망을 이기기 위해서라도 먹겠다

일용직 노무자 등골을 치는 칼바람에
쌀쌀한 배 데워 주던 새벽 우동을 나는
하루하루 생존이 안쓰러워서도 먹겠다

미래가 불확실한 쪽방 고시촌 학생들
공복 채워주던 한 끼 컵라면을 나는
삶이 지치지 않기 위해서라도 먹겠다

폭염 속 예고 없이 퍼붓던 장대비에
그 비 닮아 해 먹던 가락국수를 나는
추적추적 빗소리가 울적해서도 먹겠다

"잘 살게 되면 밀가루 음식 먹지 말자"
다짐하며 끓여 주시던 칼국수를 나는
엄마의 슬픈 미소가 그리워서도 먹어야겠다

코로나 유감

돌림병으로
대면을 금지한다고
인정마저 데면데면할 수 없고
저 홀로 은신할 수는 없는 일

그리우면 그리운 대로
고독하면 고독한 대로
꼭 만나야 한다

이 시대 악역을 자처하는 전염병보다
더 나쁜 대인기피가
명약으로 치유될 일이 아니고
스스로 문 잠그는 골방지기 폐쇄증이
백신으로 처방될 일이 아니다

보고프면 보고픈 대로
사랑하면 사랑하는 대로
만나야 할 사람은 기필코 만나야 한다

거리를 두어야 퇴치될 코로나
벌어진 간격만큼 멀어지는 연모의 정
그 유감

코로나19 스케치

부대끼며 사는 게 행복이었습니다
마음대로 외출하고 살 때가 행복이었습니다
반갑다 악수 나눌 때가 행복이었습니다
내 술잔 주며 우정 나눌 때가 행복이었습니다

사람 얼굴 제대로 볼 수도 없고
어울려 따뜻한 밥 같이 먹을 수도 없고
만나자 말 한마디 건넬 수도 없고
불신과 절망과 분노만이 극에 달했습니다

나라 밖으로 한 발자국도 갈 수도 없고
바깥공기 흡입하는 것이 사뭇 두렵고
영화 속 장면이 현실이 되어버린
한 번도 경험해 보지 못한 세상이었습니다

전염병

가라
안면 장막 치고
악수 거부하는
'코로나19'는 가라

오라
한껏 포옹하여
사랑 감염시킬
'큐피트20'이여 오라

대구여, 달구벌이여

대구여 달구벌이여
눈물이 강이 되면
그 강물에 역병의 오명을 씻어라
참혹한 절망도
그 또한 지나갈 것이니

아서라
가혹한 독설이
피 철철 흐르는 상처를 후비나니
굴절된 세상
차라리 달빛동맹이 희망이다

우지 마라
대구의 통곡은
대한의 심장을 찢나니
한 번도 경험한 적 없는 재앙은
이쯤에서 물러가라

예서 노래를 멈출 수는 없다
일어나 일어나
다시 한번 해 보는 거다
봄의 새싹들처럼
우리 다시 한번 해 보는 거다

초기화시키기

갑자기 발 밑에 지구가
너무 빨리 회전하여
심한 현기증을 느꼈다

초기화시키기 위하여
수시로 거꾸로 매달렸고
되도록 눈을 자주 깜빡였다

머릿속 뇌들이
서로 바꿔서 자리 잡을 때
언어들이 행과 열을 이탈하여
새로이 섞여 버렸다

나는 달아나려는 나를
단단히 움켜잡았고
세상은 아름답다고
썼다 지웠다가 또 다시 썼다

전어

혹자는
화살촉 닮아 전어(箭魚)라 하고
또 혹자는
주머니 생각하지 않고 먹는다 하여
전어(錢魚)라 하는데
네 이름 따윈 상관이 없다
기꺼이 모갯돈 아끼지 않을 터
가을까지 갈 것 없으니
부디 살처럼 빠르게 성장하여
허기진 나의 이목구비(耳目口鼻)
기절초풍하도록
호강 좀 시켜 주거라

낚시 바늘

아주 작은 바늘이
생사를 좌우한다
얼마나 생살을 뚫었는지
피비린내 물큰 난다

덥석 문 입은 뜯겨지고
뭉클한 생존의 몸부림
셀 수 없이 허공에
벽화처럼 찍혀 있다

하늘과 바다 사이

인구 해변 방파제
빛바랜 빨간색 의자와
의자로 사용하였을 통나무가
기울듯 있었다
타인에게 휴식을 주기엔
매우 지쳐 보이는 그들은
한때 절절한 연인이었다

한쪽은 작별을 선언해 버렸고
한쪽은 절반이 잘라진 사랑에서
쏟아지는 선혈을
망연히 바라보고 있었다

아케론강에 빠진 두 사람
죽음을 강요하는 냉혹함에
바다까지 밀려와
물새가 안타까운 듯 떠나지 않았고
파도가 연신 올라와
좋은 날은 아직 오지도 않았다
화해를 재촉하였다

사랑은 기한이 다 된 것인가
우울이 쏟아지도록
유독 화창한 날
하늘과 바다 사이에는
수평으로 선명하게 금이 가
좀처럼 사라지지 않고
별리를 확정지었다

느리게 아주 느리게

꽃이 피는 속도만큼
나무가 자라는 속도만큼
산이 닳는 속도만큼
바다가 마르는 속도만큼
별이 흐르는 속도만큼
속이 터져도 상관이 없다

딱 한 편만 쓰고
그만두려 했던 시를
이내 평생을 써 왔듯이
거북이 산에 오르듯
신세계 교향곡 2악장을
나무 그늘에 누워 들으며

나는 그렇게 살 것이다
느리게 아주 느리게
아다지오 그라베
렌토 라르고!

빛과 어두움

그 많은 별들은 어디 갔을까
맑고 청명한 하늘에선
보일리 없지
어둠이 밀려오면
하나 둘
하늘 가득 메워
'나 여기 있어
나를 따다 가슴에 넣으렴'
별들의 외침을 들어 봐
두려워 마
어두웠기에 한 줄기 빛으로
개벽의 아침을 여는 거야

빙어

속 다 까뒤집고
내장까지 보여야 믿을까
소식으로 연명하고
그 마저 배설하였다

거리낄 것 하나 없는데
얼마나 더 투명해야 믿을까
비우고 모두 비워
희다 희다 푸르게 멍들었다

수중(水中) 부초보다 가벼운
생의 무게는
탐욕스런 피라냐 이빨로
잘근잘근 씹힐 것이다

장롱 다리

저리 왜소한 몸으로
집채만 한 삶의 무게를
견디고 있었구나

사는 게 다 그렇지
버리지 못하고 채워만 가니
늙은 암 덩이 자리 잡은 게지

곳곳에 금간 자존심
뼈마디 눌려 두 치로 짧아진 다리
끝끝내 주저앉지 말거라

사랑하려면

바다를 사랑하려면
섬이 되어야지
섬처럼 네 영혼이
외로워 봐야지

꽃을 사랑하려면
들꽃이 되어야지
들꽃처럼 네 생애가
흔들려 봐야지

하늘을 사랑하려면
구름이 되어야지
구름처럼 네 가슴이
먹먹해 봐야지

다 왔어

산을 가다 보면
일행이 묻곤 한다

얼마나 더 가?
다 왔어

가도 가도
끝이 나지 않는 길
힘들어도 갈 수 있다
포기하지 않게
가자 가자
희망을 다독이는 말
다 왔어

어렵게 어렵게
그렇게 가다 보면
어느새 도착하고
나중엔 허탈하지만
지칠 땐 어떤 말보다
힘이 되어 주는 말
다 왔어

감사

걸어온 길은 감사했어
낙엽이 깔려서 더 후늑했는데
그 위에 서리가 내린 거야
생경한 변화를 보면서
턱밑까지 숨 차오르던 슬픔도
모두 털어낼 수 있었어
사는 게 다 그런 건가 봐
가다가 끊임없이 가다가
숨겨진 사랑도 들추어
지친 길에 고운 눈길도 주고
한 평 남짓 작은 바위에 앉아
서로 허기를 채워 주기도 했지
그래 그래 함께 가는 길은
참 감사했어

안개꽃

사무친 그리움 따윈
가슴에 묻어 두고
이름 없는 조연으로 살아가겠습니다

아름다운 세레나데
색인을 달기 위한
사랑의 시구절 밑줄로 남겠습니다

출구 잃은 까만 밤
뭇별로 뿌려져
그대 가는 길 불을 밝히겠습니다

향기 모두 감추어
숨소리마저 낮추어
조심스런 배경으로 존재하겠습니다

그대여
그리하여
사랑이 이루어지거든
행여 저를 잊지 마세요

가을은 떠나갔습니다

애당초 내 것이 아니었는데
선물로 다가온 당신은
마음만 휘저어 놓았을 뿐입니다

사랑하여 보내지 못한 죄로
마른 각혈을 하는 저는
텅 빈 폐가에 쇠진한 몸을 누였고

남겨 놓으신 추억은 폐기된 채
찬바람만 매몰차게 몰고 와
미련에 시린 뺨을 때렸습니다

차라리 감당하지 못할 바에는
허한 가슴에 구멍 또 몇 개
미리 뚫어 놓을 걸 그랬나 봅니다

잊어라 잊어버려라 하시더니
결국 오던 길로 떠났습니다
그렇게 가을은 떠나갔습니다

네가 돌아선 순간부터 눈이 내렸다

오해를 남겨둔 채
내게 이별을 선언하고
돌아선 순간부터 눈이 내렸다

그나마
결별 의지를 확고히 다지는
비가 아니라 다행이었다

눈이 내리려면
제 발자국 보며 다시 귀환할 수 있도록
네가 밟은 길은 그만 내리고
가는 길목 폭설로 쏟아져
가지 못하게 막아다오

가로막는 바람도 무색하게
이별을 위한
마음에도 없는 이별을 선언하고
돌아선 순간부터 눈이 내렸다

버려지거나 잊혀지거나

우연히 길에서 주운 우산을
측은하게 바라다본다
너는 또 누구에게 버림을 받았니

잊고 살아도 마음 쓰이지 않고
잃어버려도 애써 찾지 않는

싫증나면 쉽게 남에게 주고
초라해지면 가차 없이 버리는

비 쏟아지면 간절히 찾다가
맑은 날엔 까마득히 잊고 마는

네가 만난 연인들이 다 그렇지
빗속의 로맨스는 잊어라
변덕스럽고 야속한 사람들

성공 사례

계곡이 산에게 인사를 한다
가는 길 끊기지 않게
안전하게 보호해 줘 고맙다고
급히 가다 다치지 않게
굽이굽이 손잡아 줘 고맙다고
살다가 내내 살아가다 지치면
너는 내게 발 담그고
나는 네 어깨에 기대어
휴식할 수 있어 고마웠다고
큰물에 가서 놀기까지
든든한 벗이여서 고마웠다고
네가 존재함으로
강으로 바다로 크게 성공했다고
인사를 한다
고마웠어 잊지 않을게

입양 전야

새끼는
엄마를 첫 대면하자마자
생존 불확실한 세상으로 떠나려 한다

생사기로에서
다시는 물지 못할 엄마 젖
한사코 입을 떼질 못하고
고난의 길을 아는지 서럽게 울고 있다

제 새끼 버리려는 엄마
꼬박 밤이 새도록 결심을 번복하다
정신 나간 짐승처럼
제 머리를 벽에다 쿵쿵 박았다

아가야
내 아가야
엄마 없이 어떻게 살아 가
퉁퉁 부을 젖무덤을 어떻게 해

그날 새벽
출산하고 끙끙 앓던 어미 개

신음 같은 괴성 내내 지르다
결국 세상 떠났다

가거라
좋은 세상에서 잘 크거라

삭힌다는 것

강렬한 향이
코를 찌르는 홍어를
김치에 포개어
막걸리 한 사발 들이켰다

나도
누군가의 가슴에 삭혀져
눈물 핑 도는 기억으로
각인될 수 있을까

가거라
살아 싱싱한 척
퇴폐한 생(生)이여!

아!
안락한 발효의 광경
저 아름다운 소멸

고맙다 개똥아

무심코 길을 걸었다
땅에 떨어진 솔방울이
개똥인 줄 착각하여 급하게 피하려다
우연히 옆에 걷고 있던
서로 투명인간처럼 지내는
같은 동네 분의 팔목을 부여잡았다
그가 먼저 손을 내밀었다는 표현이 맞았다

개똥인 줄 알고…
저도 그런 적 있어요

한바탕 함께 웃었다
행선지가 같았으므로
이런저런 사는 얘기를 오랜 친구처럼 나누었다
어색했던 관계가 일순간에 풀렸다

고맙다 개똥아

외면 받는 이런 것들도
실은 고마울 때가 있다

대둔산

삼선바위 기암괴석 비경에 탄성 발하노니
보아라 숨 멎는 남도 금강이여

하늬바람 구축하는 청운(靑雲)에 심신 누이려니
가거라 숨통 조이는 티끌이여

선녀 몸 감은 낙수(落水)에 정맥 식히려니
쉬거라 숨 가쁘게 뻗어 오던 백두여

깎아지른 벼랑 휘가르는 석양에 울혈 버리려니
오거라 속세 상념의 소용돌이여

목하(目下) 마천대 딛고 천지 덮는 운무 걷으려니
기사회생하거라 파국 답파하는 대둔이여

족두리봉

온가지 풍상 유혹에
미동 않던 요조 아낙이
들썩이기 시작했다

무시로 본홍 구름 한 떼 시야 가리고
훈풍 줄곧 귀 달궈도
족두리 헝클어질까 꼿꼿하였으나

세상 등진 산인(山人) 걸쳐라
풍진에 고된 행인 한 뭇 치마에 빠지라
돌림병 막힌 숨 트이려
비녀 풀고 옷고름 헤쳐
고진선처(苦盡善處) 허락하는
가슴골 내었다

전화위복

가다 걸어가다
걸림돌 있다면
물살 센 강 건너는
디딤돌이라 생각해

살다 살아가다
먹구름 몰려오면
숨겨진 감성 들추는
꽃구름이라 생각해

잊다 잊고 살다
사랑 다시 오면
운명처럼 해후한
첫사랑이라 생각해

즐거운 상상

과거로 떠나고 싶으면
역방향으로 앉아
필름 거꾸로 돌리는
기차 여행을 해 보자

세상에서 가장 힘센
사람이고 싶으면
지구를 번쩍 드는
물구나무를 서 보자

바다를 보고 싶으면
가랑이 아래 머리 숙여
푸른 하늘을 보자

빗속에 갇히고 싶으면
폭포수 뒤에 들어가
큰비 내리는
처마 밑을 상상해 보자

배추

찬 바람 불어와도
동생들 춥지 않게
허리춤 꼭 감싸 안어

살과 살 맞대고
옹색해 부대껴도
일체 싸우지들 말어

에민 깊숙이 뿌리 내려
이산가족 안 되도록
발목 단디 잡아 줄께

염소

시 쓰려거든 염소를 봐
수염도 쪼끔
꼬리도 딸랑
길게 늘어뜨리지 않지

사랑하려거든 염소를 봐
슬픔 자르듯
울음도 뚝뚝
등뼈가 보이도록 삐쩍 마르지

염주알 같은 똥조차
눈물 방울방울
새까만 그리움
톡톡 굴리지

가을 낙서 1

스마트폰에 집중하며 걷는데
뽈난 돌부리가 거칠게
내 발에 딴죽을 건다
휘청하여 아래를 보니
낙엽이 수두룩

'이봐, 즐거움이 폰에만 있나'

잠시 까맣게 잊고 있던
가을을 일깨워 준 것이다

낙(樂)이 낙(落)이 될 수 있는
이별을 상징하는 계절
순서 없이 가는 게 삶인데
작심하고 스마트폰을
호주머니에 욱여넣으며
은행잎 하나 주워 본다
그래 잊고 있었어
가을이 주는 아찔한 즐거움

가을 낙서 2

단풍 잎
하나 둘 지는데

위로 받지 못하는
나목

가을 숲에서
홀로 물들다

낙서(落書)로
셋 넷 지다

가을, 이호 해변에 서다

점점이 박혀 있는 분주한 일상
소경 점자(點字) 더듬듯
점점 쌓여 가는 낙엽 헤치며
가을 바다에 왔습니다
바람 잘 날 없어도
빈 가슴 시인 품에 안기는
천상의 이곳에 오기까지
곡절로 점철된 시간이 지났습니다
일락(逸樂)에 눈먼 사람들
떼 지어 몰려오고 있었음으로
내가 비집고 들어설
단 한 자의 공간도
허락하지 않았기 때문입니다
해독이 불가능했던
파란(波瀾)으로 각인된 시공(時空)
파도가 하얗게 지워 나가는 동안
사랑에 눈먼 나는
가두어 버릴 일상으로 돌아갈
엄두조차 내지 못하고
발목이 잠기는 것도 모르고
그저 이호 해변에 우두커니
서 있었을 따름입니다

송악산

비바람에 막히어
발 묶인 그리움

지켜보는 마라도
슬퍼 마라
한숨 지을 때

성난 바다
둔덕에 비스듬
산을 저격하였다

검푸른 파도
수척한 송악
구멍 난 가슴을 쳤고

지척에 산방이
상련하는 동병을
끙끙 앓았다

가을의 기억

누가 긴 휘파람
단조로 불어 와
쓸쓸함이 더해
낙엽 모두 우수수

노란 파마머리
탈모가 되어
슬픈 은행나무

사랑의 기억처럼
머리칼 되찾을
셀 수 없는 날은
얼마나 아득한가

5부

그 사람이 나는 아프다

화려했던 단풍도
땅에 떨어져
추한 모습으로 구르는데
한 번도 화려해본 적 없이
본색 잃어 가는 나는
농염한 이 가을을
취하지 않고
어찌 보낼 것이냐

그런 은행 없나요

통장에 자동으로 입금되듯
고갈된 감성 채워 주는
그런 은행 없나요

가을이 가도, 겨울이 와도
아무런 느낌 없는 철벽 가슴에
눈물 가득, 사랑 가득
채워 주는 그런 은행 없나요

감성이 다 사라질 때쯤

[그대 메마른 가슴에
뜨거운 눈물 가득 채워졌습니다]

문자로 송신해 주는
그런 은행 하나 없나요

난지를 의심하다

내 몸 진동하는 악취를
괜스레 널 의심했구나
세상 누구를 탓할까

온 천지 개벽하도록
개과천선하여도
과오는 그리 오래가는 법

하늘이다 노을이다 미명은
태산으로 쌓인 쓰레기
한낱 미사여구일 뿐

숨어 있는 추잡한 흑과
고매하게 위장한 백이
고액지폐 앞뒷면이어도

속 터지는 부주의로
구두에 은행 밟혀
눈총 받아 억울한 애먼 너

오늘은 많이 흐립니다그려

일단
잿빛 하늘에서 내려오는
잿빛 우울이라 해야 하겠지

등댓불 하나 둘 켜져
어스름 짙게 깔리는 바다 위
어부 눈에 잡히는
은갈치 비늘이라고 할까

무거운 짐 짊어지고
일터로 가물가물 사라져 가는
가장의 뒷모습이 보인다 할까

이렇게 말하고 나니
주책없게도
괜히 울적해집니다그려

오늘은
그렇게 많이 흐립니다그려

만추

늦은 가을을 만취하노라
사랑도 취하고
미움도 취할 때
다가 올 모진 겨울도
취할 수 있으리

화려했던 단풍도
땅에 떨어져
추한 모습으로 구르는데
한 번도 화려해본 적 없이
본색 잃어 가는 나는
농염한 이 가을을
취하지 않고
어찌 보낼 것이냐

그리움도 외로움도
기억 저 편에
한낱 먼지로 사라질 것을
만추에 만추가 서러워
만취하노라

어깨 베개

퇴근길 지하철
꾸벅꾸벅 조는 옆 사람
쿵쿵 차창에 머리 박는 모습이 안쓰러워 어깨 베개를 대 주었다
잠깐 기대는가 싶더니 다른 쪽 젊은 여자 어깨에 기대었다
여자는 벌레 보듯 노려보다 어깨로 얼굴을 강타하였다
놀라 잠에서 깬 남자는 얼굴을 잠시 부비더니
다시 잠이다

'사람도 참, 무척 피곤한 모양이군'

엉덩이를 살짝 밀어 무게 중심이 내게 오게 했더니
내 어깨에서 계속 잔다

'싫으면 그냥 일어나면 될 것을
그리 매몰차게…'

마두역에 내리면서
바늘로 찔러도 피 한 방울 나오지 않을 인형의 얼굴을 보았다
인간 형태를 본뜬 인형이니
어깨를 기대하는 건
애당초 무리였다

단풍나무

제 간판 가린다고
큰 단풍나무를 베었다

쓰러지지 않으려
안간힘으로 버티는 발목을
사람들이 번갈아
도끼로 찍고
톱으로 썰었다

비가 오면 좋아서
파릇파릇 생기가 돌고
해가 들면
양지 바른 쪽으로 몸 기우는
사람보다 더 사람 같은
나무가 쓰러졌다

사람들은
쉬어 가던 그늘
숨 멎듯 황홀해 하던 단풍
그 은혜를 어떻게 갚나

까만 밤

진저리치도록 무서웠지만
오디처럼 까만 밤을 기다렸다
힘든 여러 날 지나야
임 만날 수 있기에
하루 이틀 사흘
새날이 오면 어김없이
황사 뒤집어 쓴 몰골로
우두커니
정 그리워 소침했었다

오금 저리게 두려웠지만
머루처럼 까만 밤을 기다렸다
먼 길 돌고 돌아
재회한 기쁨도 잠시
가슴 허한 그리움
비 젖은 바위에 누여
주먹으로 울음 삼키며
하염없이
밤이 오기만 기다렸었다

만장(輓章)

햇살 아리도록 고운 날
만장을 써야 한다
봄꽃 춤사위 그윽한 날
만장을 뿌려야 한다

이제나 오시려나
저제나 오시려나
젖 비스듬히
풀어헤친 그리움

천형의 벌로
까맣게 타버린 속
임 바라보실
대문 밖에 매달아

홀로 남은 서러움
에미 사무치게 그리운
짐승의 곡으로
만장을 날려야 한다

역사

치부 드러내도
사심 배제된 진솔한 고백이거늘

애석하게도 역사는
권력에 아첨한 용비어천가였고
모사(謀士)에 기획된 위조사(僞造史)였으니

민심 빙자하여 세상 무서움 모르는 자들
살아서 영화 누리고
죽어서 천심 속인다

나무는 키가 클수록
뿌리가 실해야 하는 법
고해 성사 하듯 모록(冒錄)을 자술하라

복지부동의 민초
사상누각의 역사
모두가 위선의 탈을 쓴 죄인이다

격렬비열도

격렬하게 나눈
사랑도

비열하게 끝난
이별도

그리움으로만 존재하는
애수 앓는
이연(離緣)

갈참나무

이제 오나 싶더니
서둘러 갈참이다

숲에선
세상 절연하는
단호한 고독 수북하고

지쳐 늙은 가을
흔적 없이 비산하도록
그리움 놓지 못해
꼭 잡은 손

뚝뚝 떨어진
황색 혈흔 선연하다

버려진 자전거

유기되어 앙상한 몸
벌 서는 노예처럼
속박은 하염없다
족쇄로 묶이고
수갑까지 채워져
복종이 죄다
그리움이 형벌이다

모래

바위 하나가
산에서 강으로 내려와
서로 부딪혀
깨지고 베어지다

바다까지 떠밀리어
파도에 이리저리
벗겨지고 찢어져
모래가 되었다

한때는 태산 같던 몸
작은 바람에도 허공에
비산하는 먼지로
누구나 떠나갈 테지

순간
사나운 너울에
사연 불문하는 한 무리 모래
안간힘으로 버티다
수장되었다

눈 감을 수밖에

눈을 감고
얼마나 갈 수 있을까
불안하여 좀처럼
나아갈 수 없다

눈을 감고
안심하고 갈 수 있는
단 한 가지
그대에게 가는 길

계신 곳 가마득해도
그리움 산재하니
맹인처럼
눈 감을 수밖에

부질없는 짓

쌓인 정 잊으려
모두 잊어버리려
심사하고 숙고했던
그 무한한 상념은
사실
너를 위한 것이었는데

그리움 싹 자르려
모두 잘라 버리려
걷고 걸었던
칼바람 그 무수한 길은
사실
너를 향한 것이었는데

너이기에 역부족인
망실과 단념
그 부질없는 짓

장마

'틀렸어 틀린 거야'
누가 툭 건들면 금방 울 것 같은
혼잣말을 하늘이 들었으면 했다

주말은 엄마에게 가는 날
몇 주째 유난히 긴 장마가
모정 그리워 가는 발목을 잡았다

찢어진 고무신 밑창으로 물이 들어와
걸을 때마다 적적 소리가 나도록
진종일 큰비가 내렸다
근심 많아진 나처럼 개울은 넘쳤고
대낮이었지만 컴컴했다

'오늘도 못 가요'
하는 수없이 농막에 들어앉아
흙벽에 못으로 비문을 긁었다

'어여 와라 내 새끼'
엄마 닮은 바람이
비 들이치는 쪽문을 두드렸다

이면의 모습

아버지를 뒤에서 보면
후둑 쓸쓸함이 쏟아진다
고독이 이면의 모습이다

사랑을 뒤에서 보면
잉잉 집착이 칭얼댄다
아슬이 이면의 모습이다

가을을 뒤에서 보면
뚝뚝 인연이 끊어진다
결별이 이면의 모습이다

내 가슴을 뒤에서 보면
숭숭 구멍 난 벌집이다
공허가 이면의 모습이다

헌책

늙었다
괄시하나

낡았다
업신여기나

명징(明澄)한 가르침
헐으려

배은망덕
기웃하는
경박한 유기

잉잉

잉잉
칼바람이 귓전을 휘갈겼다
포장마차로 들어섰는데
쥔장 반가이 맞는다

춥죠잉?
으찌해야 쓸까잉

꽁꽁 언 손을 얼른 가져가
제 손으로 부볐다

뜨건 국물 후루룩 드셔 봐
좀 풀리지 않소잉

잉잉
겨울은 연신 울어댔으며
상대적 연상에
피식 웃었다

그 사람이 나는 아프다

점점 스러져
생기 잃어 가는
파리한 낙엽 한 장 수습하여
책갈피에 누이며
그가 가슴을 쓸어내렸다

다행이다
더 이상 아프지 마라

죽도록 아픈 아픔도
나의 아픔이 아니었다
내가 아픈 것은
그가 더욱 아프다는 것

그가 아닌 나는
그로 살아갈 수 없는데
내가 아닌 그가
나로 살아가는 것
그런 그 사람이
나는 아프다

흔들린다는 건

흔들린다는 건
중심은 잃어도
정신 잃지 않는 것
휘청이면
휘청일수록
곧게 서려는 의지가
더욱 강한 것

흔들린다는 건
척박한 삶
자리매김하려
몸부림치는 것
습관처럼
아무 일 없듯
툭툭 털고 일어서는 것

흔들리는 건

흔들리는 건 춤추는 것
꽃이 바람으로 자태 뽐내듯
어우르는 기쁨에
너울너울 몸 맡기는 것

흔들리는 건 살아있는 것
제 자리로 돌아가기 위한
숨결 고르는 호흡
변함없는 일상을 증명하는 것

흔들리는 건 사랑하는 것
용서처럼 봄눈 녹아
나의 심장에 스며들면
그 기쁨에 잠 못 이루는 것

기다림이 용서다

용서할 마음이 남아 있다면
상처가 아물도록 기다려야 한다

치밀어 오르는 화도
도저히 참지 못할 분도
생각할 시간을 가지면 한때의 원망

잘려 나간 나무에 새순이 돋고
억수비도 어느새 잦아들 듯
십자가 매달릴 형벌이 아니라면
잠시 미워하는 마음을 잠시 유보하자

마음 속 깊은 곳 응어리는
강제로 제거하는 것보다
아무렇지 않게 살아가다 보면
어떨 땐 있는 듯 없는 듯하다가도
결국엔 봄눈처럼 사라지는 것

세상 속 이별해야 했던 것들로
가슴 찢어지도록 아픈 적 언제였던가

억지로 서운함을 용서하는 것보다

그저 지나가는 바람쯤으로

대책 없이 되는대로 그렇게

무작정 기다려 보자

까만 밤도 처음부터 까맣지 않았으니

오래도록 바라보는 일

한참 동안 한 곳에 집중해서
응시하다 보면
눈이 아파 와
시야가 흐려지고 눈물이 흐르지

골똘히 생각하다
마음 복잡해지고 머리가 아플 때
문득 창밖 바라보며 생각을 잠그면
금새 정리가 되지

사랑한다고
부담되도록 무한정 매이지 말고
연이은 행각 잠시 멈추고
까맣게 눈을 감아야 해

휘발될 수 있는 사랑
마음 안에 안전하게
가두어 둘 수 있도록

어떤 그리움

가지 끝에 매달려 있을 때보다
땅에 떨어져 더 그리운
어떤 낙엽이 있습니다

사랑 끝을 붙잡고 있을 때보다
떠나고 나서 더 보고픈
어떤 사람이 있습니다

차곡차곡 쌓이는 갈잎 무덤
비 흠뻑 젖어
너도나도 결별을 준비하는
방심하던 가을

더러는 축제를 즐기는
군중들 사이로 보이는
뜻 모를 고독 같은 거

몸져누운 낙엽을 밟으며
떠나고 나서 더욱 그리운
어떤 사람이 있습니다

사는 동안 인생은

떨어지는 낙엽을 보면서
어떤 이는 쌓이는 쓰레기와
곧 다가 올 겨울 추위만 걱정하고
어떤 이는 감상에 젖어 시를 쓰지

폭풍우가 휘몰아칠 때
어떤 이는 하릴없이
어정어정 지나가기만 기다리고
어떤 이는 퍼붓는 비를 피하며
경중경중 춤추는 법을 배우려 하지

튼실한 나무를 보면서
어떤 이는 마른 장작 땔감을 상상하고
어떤 이는 잠시 고단한 짐 내려놓고
편한 쉼 쉬고 가라 만들어 준
그늘이 그저 고마울 뿐이지

사는 동안 인생은
안 그런 척 속내 감추어
호의호식에만 열중하지 말고
삶을 삶답게 하는 마음 비운 자유를
한시라도 잊어서는 안 되는 거지

자화상

살다 보면 평생 갈 줄 알았는데
누구였는지 기억조차 떠올리기 싫은
일순간 멈춰 버린 사람들로
상처만 여미고 살아왔다

정작 나는 견디기 힘들 만큼
배트작대는 만신창이인데
씩씩한 척 안 아픈 척
질량한 자존심으로 버텨 왔다

이제는 용기 내어 말하리
아프다 많이 아프다
이 벌집투성이 가슴을 봐라
배반이 모두 빠져나간 자리다

남몰래 흘리는 눈물

남몰래
흘리고 싶었던 거다
오래되어 수척해진 그리움
가슴에서만 살고 싶었던 거다

강한 척 허술하게 양생된
가슴에 고이는 슬픔
어쩌다 균열되어 눈물 터지면
마른 눈물에 눈이 찔리어
눈뿌리까지 아파 올 때도
그는 울지 않았다

그대여
더 이상 울지 않는 그대여
찢어지는 그대 가슴 허물어져
이슬 가득 고이면
내가 빠져 익사해도 좋으니
눈두덩이 넘치도록
펑펑 울어 다오

셋째

있는지 없는지 모를 다섯 형제 중 중간
새 옷 한 벌 제대로 입을 일 없던 중간
항상 우선이었던 형들
귀여움 받는 동생들
그 반의 반만이라도 사랑을 받았으면 했던
태생도 모양도 어중간했던 아이는
예닐곱 되던 어느 날
가족 모두 도시로 떠나 버린 시골
홀로 조부모 곁에 남겨졌다

아무렇게 내던져진 깡마른 빗자루처럼
현기증이 심하여 눈앞이 캄캄해져
도저히 버틸 수 없을 때
기댈 어깨가 간절했음을
부축해 줄 손이 필요했음을
생각하면 할수록 더욱 외로워져
사무치게 그리운 극한의 애정 결핍이
포도당 링거 맞듯
치유될 일은 결코 아니었다

도토리 1

도토리가 바람에 후두둑
내 머리를 치고 거리로 떨어졌다

새삼 가을이 떠나고 있음을
알려 준 것이 고마워
보이는 대로 주워 손에 넣었다

발에 밟히는 것보다 좋았는지
방긋방긋 낯빛이 좋았다

관심이 이런 것이다
압사 당할 운명을
빛나는 생애로 만드는 일

가을을 일깨워 준 대가로
나는 도토리에게
기사회생의 가을을 돌려주었다

도토리 2

산행 중 잘 생긴 도토리 가져 와
차 안 내 옆자리에 앉혔다
처음엔 바깥세상이 좋았는지
나 한번 보고 차 한번 보고
뒹굴뒹굴 좋아라 했다

며칠 지나 점점 얼굴이 꺼칠해져
다시 품에 안고 다니다
솔향 은은한 호숫가
소나무 아래 놓아 주었다

내 욕심만 채우려 했어
낯선 환경에 적응이나 할까

자식 보내듯 정 들어 섭섭한
내가 머쓱하도록 인사도 없이
슬그머니 풀숲에 자취를 감췄다

'들짐승 보이면
풀숲에서 숨죽이고 있거라'

산이 되고 싶소

산이 되고 싶소
공허한 사람 모두
주린 사랑 가득 품고 가라
그러고 싶소

내 등을 타고
내 허리를 밟으며
세상 설움 모두 두고 가라
그러고 싶소

그리하여
그들의 아픔이 나의 아픔과 합치어
연모(戀慕)처럼 쌓여
정녕 산이 되면

미처 오지 못한 사람들 위해
꽃숲에 첩경을 놓아
비묻어오기 전
길마중 나갈 테요

그리움 그 견디기 힘든

난치병인 그리움을 앓으며
처방으로 남겨 놓은 사랑을 복용하면서
멀리 있는 그대를 생각합니다

증세가 심해져 많이 힘들 땐
정신이 혼미하도록 과다하게 남용하여
숱한 추억을 배회하기도 하였습니다

호되게 아프고 나서야
방치했던 당신의 사랑이 귀한 줄
비로소 알았습니다

약이 모두 바닥나고 나면
기억에서 서서히 잊혀지겠지요

결말 보이는 모래시계처럼
간신히 남은 정 허무하게 사라질까 봐
정 정 그리울 때만
아주 작게 조각을 내어 먹겠습니다

안부

요즘 어떻게 지내세요?

어떤 때는
터무니없는 세상이 못마땅하여
뇌세포 죽이는 핏대를 세워
강필로 다른 주장을 일축하기도 하고
사는 게 덧없어
가까운 오아시스 대신
먼 무지개를 찾아 헤매기도 합니다

까닭 없이 무기력해져
몸은 단지 음식물이 지나는 통로일뿐
아무렇게 신체를 질질 끌고 다니기도 하고
울울한 내 모습이 초라하여
거울을 보기가 겁이나
거울 속 내게 눈치를 보기도 합니다

어떤 때는
흉흉한 세상이 겁이나
불안하여 눈동자를 빠르게 움직여
수시로 뒤 돌아보기도 하고

반복되는 일상에 지쳐
아무도 찾지 못할 은닉된 곳으로
무작정 떠나고 싶은 충동이 일기도 합니다

남의 고단한 등에 올라타고
마치 세상을 다 얻은 양
의기양양하여 거들먹거리기도 하고
정신줄 놓고서
갔던 길을 또 가고 갔던 길을 또 가고
끝도 없이 같은 길을 가고 있기도 합니다

당신은 요즈음
어떻게 지내시는지요?

칠월 햇살

사람 내음
그리워 왔다가
그냥
갑니다

나 대신
비가 오면
향기
뿜어 주오

영원한 안식은 없다

경쟁 속에 내몰리다 조금 살 만해질 때
두더지 머리 채듯 사라지는 일들을
짐작이나 할까

영영 발 딛고 숨쉴 것 같은 이 땅이
한 때 머물다 가는 정거장이라는 것을
상상이나 할까

불야성 이룬 도시가
한순간에 칠흑 같은 어둠으로 변하는
숨죽인 정전은 불시에 일어날 수 있다는 것

살강에 쌓인 사발이 갑작스레 깨질 때
하인리히 법칙처럼
누구나 언젠가는 그럴 수 있다는 것

찬란한 수선화일지라도
수장된 나르시스의 착오는 없어야 할 일
우리네 삶에 영원한 안식은 없다

언제 한번 아무거나

'언제 한번'
이렇게 무의미한 말이 또 있을까
막상 약속 잡으려 하면 했던 말 다 잊은 양
돌레돌레 머뭇대면서 언제 한번

'아무거나'
이렇게 무책임한 말이 또 있을까
정작 아무거나 주면 자신이 아무거나가 된 것처럼
불평하면서 아무거나

언제 한번 아무거나
마음에도 없는 말로 안심하게 해놓고
확신하지도 못하는 비겁한 말
괜한 말로 들뜨지 않도록
간절히 원하는지 정말 좋은 지
자신에게 물어보고 정직하게 말하자

친한 척 속이지 않는 것
마음씨 너그러운 척 위장하지 않는 것
그게 정이다
그게 배려다

봄날, 사자가 웃었다

사자가 웃었다
무슨 좋은 일이 있나?
하긴 이 봄날에
발바닥 간지럽히는 아지랑이도
목덜미 침 바르는 가랑비도
귀에 훈풍 불어 주는 봄바람이
모두 웃을 일이지
잠에서 덜 깬 맹꽁이
벌러덩 누워
남근이 솟대처럼 솟았다
얼굴 벌개진 암사자
더 이상 못 참겠다는 듯
미친 듯이 웃었다
발정이 난 게다

동행

두 사람이
다리 하나씩 묶고 달리는
2인 3각 경기

마음이 급해도 안 되고
혼자만 달려서도 안 되고
걸음 폭도 조절하고
같은 곳을 바라보도록 키도 낮춰야 한다

넘어지지 않게 어깨도 부둥켜 안고
다 왔다고 먼저 멈춰도 안 되고
함께 멈출 때까지
끝까지 보조를 맞춰야 한다

나만 욕심내 달리려 말고
정성을 다해
한 걸음
또 한 걸음
옆 사람에게 배려하는
참 착한 동행

연탄 배달 그 따뜻한 정

문득
차곡차곡 정을 쌓다가
떨어뜨려 반쯤 깨진 너를 바라본다
온전치 못한 몸에 불이 붙을 수 있을까
조각나 바닥에 엎어진 채
서로 검은 낯빛으로 눈을 맞추고 있었다

"알았어.
한 손 한 손 배달 되어진
사랑이 밑불 되어 활활 타오르게 해줄게"

잠시
숨 고르려 움막 같은 헛간을 나와
고개 들어 하늘을 보았다
태양이
누덕누덕 기워져 너덜대는
곤궁해진 삶 대신 빨랫줄에 매달려
환하게 고개를 끄덕였다

"그래 그래 잘 될 거야!"

6부

오래오래
사랑할 수 있을까

살면서 포기하고 싶을 때가 한둘인가
돼지 껍데기 같이 견고했던 몸 갈기갈기 찢어지고
잔뜩 힘 들어간 손아귀
인형 뽑기 갈고리처럼 너덜거리는 날들이
생일 케이크에 꽂히는 초의 개수만큼
매년 하나씩 늘어났다

소나무

바위와 바위 사이 틈이 있었다
세월이 흐르는 동안
갖은 풍파로 균열이 생긴 것이다
그곳에 작은 소나무가 올라왔고
새들이 앉았다 날다 하였다

사람도 가슴 복판에 균열이 있다
상처가 깊을수록 솔향이 난다
피딱지처럼 송진도 생길 것이다
당신과 내가 소나무다
가마득한 상처의 깊이에서 잉태한

비장의 카드

살면서 포기하고 싶을 때가 한둘인가
돼지 껍데기 같이 견고했던 몸 갈기갈기 찢어지고
잔뜩 힘 들어간 손아귀
인형 뽑기 갈고리처럼 너덜거리는 날들이
생일 케이크에 꽂히는 초의 개수만큼
매년 하나씩 늘어났다

실신하는 벌집 쪽방에
나 홀로 소심한 촛불 하나 켜리니
동병상련이라 광장에 떼로 모여
판을 엎으려는 비겁한 시도는 하지 마라

내 처지 비록 길바닥에 붙어 악착같이 생존하는 껌딱지여도
인간의 사정없는 욕심에 사지가 잘려나가
가로등보다 더 가로등처럼 변모한 가로수이나
한 치 앞도 모르는 세상 불 밝히리니
버릴 펜이라도 한 자루
내 손에 쥐어 다오

어깨

한쪽 어깨를 올리면
다른 쪽 어깨는 내려가는데
잘난 척 으쓱대기에 바빴다

오만은 추락을 자초하고
편견은 상처만 줄 뿐인데
기대어 쉬라고 내어 준 적 없는
나의 어깨는 사뭇 높다

한 쪽 어깨를 내려 주면
다른 쪽 어깨는 올라가는데
얼마나 낮추며 살았던가

하나만 알고 둘은 모르는
단세포 등신의 어깨는
책망에 저항할 면역체 주입한
우두 자국만 흉측하다

매듭

매듭을 묶다 보면
풀릴까 봐 나도 모르게
힘을 주어 묶게 돼
한 번은 성에 안 차서
묶고 또 묶고 거듭해서 묶다가
정작 풀어야 할 때
풀 수가 없어서
결국은 잘라 내야 할지도 몰라
사람도 마찬가지야
너무 매몰차게
마음을 닫아 버리면
열 수가 없어서
한때 좋았던 사람도
그저 스쳐 지나가는
타인처럼 끝나게 되지
우리 나중을 위해서
느슨하게 마음 먹자
오해가 생기면
풀어야 하잖아

계란 프라이

흐물흐물한 계란에
열을 가하니 굳었다
고통스러운 시련 뒤에는
필연 뒤따라오는 완숙

비단 계란뿐이랴
신호등이 빨간불에서 녹색으로
바뀐다는 희망이 없다면
힘든 부동의 상태를 인내하며
견뎌 낼 수 있을까

시련도 기다림도
익어 가는 과정

난질난질한 노른자
명징한 위상
시나브로 굳혀가듯
이완된 심장에
주저 없이 열을 가한다

빙수

투명한 가슴에
하얀 순정 수북이
형형색색 한껏 치장하여
그대에게 드립니다

섣불리 흔들다
얼어붙은 눈물 떨어뜨리고
가려진 옛 상처
헤집어 놓기도 하였습니다

처음 황홀함은
익숙함에 무디어져
곤죽이 되었지만
함께 지낸 날들은
언제나 빛 고운 사랑입니다

나는 게으른 숲이 될 것이다

산이 다가오지 않았으므로
다가갈 수밖에 없었다

게으른 것은 숲속 풍광들
끊임없이 그들에게 다가가
잠자는 풀들을 일어서게 하고
서서 졸고 있는 나무를 깨웠다

나는 각성의 시선만 줄 뿐
정작 숲을 자극하는 건 바람

탈모처럼 잎사귀 떨구어도
한두 번도 아닌 듯 소홀할 때
때로는 초록이 때로는 고동이
하는 일없이 빈둥거리며
방치하는 나무를 탓하진 않았다

내가 게으른 숲이 되고
숲이 부지런한 내가 되도록
종국엔 산이 찾아올 때까지
인증의 발자국을 날인한 것이다

비닐우산

행운이었어
갑자기 쏟아지는 비에 난처해하다
본연 잃고 거리에 누워
온몸이 젖어 버려진 너를
우연히 만났지

찢어지고 부러진 틈새로
비를 절반쯤 다 맞아도
단 한 번으로 한정된 너의 생애를
조금이나마 더 연장해 주고픈 심정이

성치 않은 몸으로
유명(有名)의 체면 유지를 위해
무명(無名)으로 헌신하는 너를
내가 거두는 이유였어

내가 너를 만난 건
또 네가 나를 만난 건
참 행운이었어

건망증

낯선 사람이 악수까지 청하며 반갑게 알은체하는데
명함을 받아도 도무지 생각이 나지 않아 순간 머릿속을 헤집었어
누구였더라? 기억도 없으면서 덩달아 아는 척은 했지만
그런 가식이 미안하여
"잘 지내시죠?" 빈말 던져 놓고 서둘러 자리를 피했지

[나 돌만이야 차돌만! 동창도 몰라보냐 임마?]
반말 쏟아낸 문자가 머쓱해하는 내게 자꾸 눈을 흘겼어
까마득히 잊고 있었던 그
어제 먹은 밥도 기억이 나지 않고
방금 만나고 헤어진 사람의 이름도 가물가물한데
어찌 까마득한 옛 친구를 기억할까

정신줄 놓아야 하는 세월
나중엔 내가 살아 있는 것도 내가 누군지조차 모를 인생아
세상 떠날 즈음
인연 끊을 때 버겁지 않도록 잊어야지 모두 까맣게 잊어버려야지
다만
살면서 부끄러웠던 것들
갚지 못한 신세들
지키지 못한 약속들만 기억해
죽을 때까지 마음이라도 미안해할 수 있어야겠어

나무젓가락

제 몸 벗겨져
누군가 허기 채울 수 있다면
알몸의 수치스러움쯤
마냥
언제라도 참겠습니다

제 몸 찢어져
누군가 손이 되어 준다면
매정히 버려진다 해도
결코
슬퍼하지 않겠습니다

아름답다는 건

아름답다는 건
알음알음 찾아가는 것
마음 깊은 곳에서 샘솟는
생각의 원천을
하나하나 알아가는 것

잘 모르면서 겉만 보고
아름답다고 말하는 건
안목 가벼운 결정적 오류

아름답다는 건
알 흠조차 품는 것
속마음 흠결 있어도
상처 말없이 안아 주는 것

과묵하여 경청하고
겸손하여 손사래 치지만
시간이 갈수록
빛나는 존재의 가치

아름답다는 건
아름드리만큼 넉넉한 것
넘치는 사랑
한 아름 선사하여
평생 조연을 자처하는 것

멀리

사진을 근접해 찍으면
초점이 흔들리듯
사람도 너무 밀접하면
제대로 알지 못하지

늘 붙어 있는 쌍생아가
본인들 스스로도
네가 나로 알고
내가 너로 알듯

멀리서 지켜봐야
비로소 진심이 보이고
멀리 떨어져 있어 봐야
더 소중함을 알지

있을 때 잘해
떠날 것처럼 겁주지만
아주 멀리 떠나 보면
잘해 주었던 걸 알지

못

못이 박혔던 자리를 들여다본다
찔리고 찢어져 손상된 몸을
평생 안고 살아야 하는 아픔이다

'잘못했다'에서 못을 뺀다 한들
결코 '잘했다'가 될 수 없듯이
나중에 못은 빠져도 상처는 상처

애당초 후회할 못은 박지 마라
제 자리에 잘 박히든 안 박히든
못은 비정하여 박으나 빼나 상처다

겉모습

뒤는 베일로 가리고
치장된 앞만 집착했었지

한 발짝만 옆으로
살짝 비껴서
왜곡된 네 모습을 봐

일그러진 이상
추한 이기심
은폐된 다중 인격

다 떨쳐 버리고
감춰진 나에 충실하자
겉모습은 허상이다

목련화

너를 결코
용서하지 않겠다
그리 서둘러
갈 것을

나도 이미
정 뗀지
오래

네가 버린
인연이라
내 발로
밟고 가겠다

등 뒤

등 뒤에 남몰래 숨어
의지하는 그대라면
꼭 지켜 줘야지

전면이 당당히 보여도
이면의 아픔을
품는 거지

정면을 피하고 싶은 태양
그늘에서의 쉼이
숨인 걸 아는 거지

등 뒤에선 사랑도 극적이듯
애끓는 페이소스를
사랑하기 때문이지

조금의 여지

조금이란 말이
세상에서 가장 여지가 많은 말이 아닐까

조금 많이
조금 크게
결정된 선택을 유보하는 진심이 빛나는 말
닫혀 매몰찬 마음 너그럽게 해 주는
용서 같은 말

조금만 더 기다릴게
조금만 미안해도 돼

가진 것 적어 부끄럽지만
그마저 전부 주고 싶은 말
간절함이 담긴 유연한 확장성으로
관계를 회복시키는
조금이란 말

어시장에서

어시장은 사람 반 고기 반이다
잘 보면
사람이 고기를 고르는 게 아니라
고기가 사람을 고른다

고기가 맡는 사람 냄새는
부패하기 이를 데 없어서
그런 사람에게 가기 싫어
고개를 절레절레 흔들어 댄다

순교자 제 몸 바치듯
순순히 이 몸 바칠 터이니
비린 내음을 바다 향기라고
생각하는 사람만 오시라

온 역경 녹아 있는 그 향기에
겸손하게 고개 숙이어
마음 열고 취할 사람만 오시라
삶의 무게를 흥정하는 사람은 싫다

사는 법

오는 사람 오게 하자
가는 사람 가게 하자
헤어짐과 만남은
하늘이 규정한 순리

다가오는 사람에게는
미소 한 줌 가만가만
떠나는 사람에게는
눈물 쪼끔 스실사실
선물처럼 보여주자

수줍음 모두 다 잊고
서운함 죄다 잊고
온가지 만남과 이별
극한의 상처 없이
수행할 수 있을 테니까

나이를 먹는다는 건

나이를 먹는다는 건
살면서 잡아왔던 예리한 각
무던해지도록 깎아 나가는 것
여지껏 기대어 왔으니
이제는 든든하게 받쳐 주는 것

나이를 먹는다는 건
비린내 진한 과매기를
바다 향기로 느껴지는 것
'그 썩은 홍어를 왜 먹지?' 하다
불현듯 삭은 냄새로 좋아지는 것

나이를 먹는다는 건
독한 에스프레소를
아메리카노처럼 즐길 수 있는 것
아냐아냐 부정하다가
오냐오냐 긍정하게 되는 것

나이를 먹는다는 건
숱한 추억으로
혼자 있어도 외롭지 않은 것
세상에 감사할 일이 너무 많아
고개 숙여 눈 맞출 수 있는 것

용접

찢어진 몸 봉합하기 위해선
먼저 자신의 성한 몸 녹여내야 하듯
상처 치유하려면 더한 상처가 필요한 법

정신 혼미해져 눈앞이 하얘지도록
많이 아프지만 아픔 견디어 내자

극한의 고통 견뎌야 새살 돋는 것처럼
흉한 흉터로 남아도 아무 일 없던 것처럼
가슴 저린 상처 지우기 위하여
죽도록 아픈 가슴에 불을 질러라

효자손

아무 말 없이 오래도록
허공만 응시하시는
어머닐 지켜보자니
아픈 것도 아픈 거지만
가려우면 어떻게 견디나
늘상 그게 걱정이었다

집 안 곳곳에 효자손을
사다 놓을 정도로
등이 자주 가려운 나는
꼼짝하지 못하시는
어머니 등을 긁죽긁죽
내 등처럼 긁어 드렸다

가려워도 입이 굳어
가렵다고 말도 못하고
고통스러워 할 때
효심 발휘하여 알아서
등 긁어 줄 고마운 손이
먼 훗날 내게는 있을까

실연

이미 한 몸이 되었는데
마취도 없이
맨살을 칼로 그었다
돌연
생살을 찢어 내었다

열애 뜨거웠던 피는
사방 낭자하였고
연인이었던 가해자는
죽음을 강요하며
일상 속으로 숨어 버렸다

잔인한 실연

아무런 구호 조치 없이
분리되어진 몸은
결국
폐인으로 메말라가다
괴사(怪事)하였다

가을 카페

벽에는
쌓인 빨간 단풍 수북히
두어 달 내내 타오른 사랑
허공에 비스듬
액자로 걸려 있었고

바닥엔
구르는 파란 은행잎 초라히
시종 거부했던 사랑
단념의 발밑에
속절없이 밟히고 있었다

품절된 사랑과
오해로 토핑된 이별
두 가지뿐인 메뉴판에는
도저히 선택할 수 없는
슬픔만을 강요할 따름이었다

달뜨게 황홀하였으나
본색 잃도록 방치되어
폐업만이 수순인
한시적으로 운영하는
노천 가을 카페

찾아오는 손님도
기다리는 손님도
용도 폐기될 서약 같이
한낱 에피소드에 불과할
훗날의 기억

도저히 분에 넘쳐
비망(非望)의 사랑 따윈 잊으려
홀왕홀래에 지쳐
떠나려 작정한 한 남자가
발길을 돌리고 있었다

파란

누군 우울의 색이겠지
누군 권위의 색이겠다

사연 품는 바다
희망 이는 하늘

멍 새긴 아픔쯤이야
훌훌 털고 비상하는 색

그대 안에 머물 수 있다면
파란이 일어도 좋아

길

동반은
평생의 연모(戀慕)라
침묵으로 말하리

숙명이라면
감수할 터

먼지로 적멸될 때까지
그대와 나
손 놓지 않으리

올 가을은

불사르던 여름
긴 장마에 시무룩 숨죽여
제풀에 지쳐 종적 감추었다

그래 너는 도망쳐라
나는 화상 입어도 좋을
더욱 뜨거운 사랑에 빠지리

은닉할 것도
주저할 것도 없는
화염에 영혼 털리는 가을

상처로 얼룩진 그대와 난
길에 누운 능소화 즐비한 출발점에
또다시 섰다

입대하는 날

정분은 끝났다고
삭발 당했을 게다
가시철조망이 얹혀진 담벼락이
잘려진 머리칼처럼 덫을 놓았으나
닥쳐올 절망을 예감하지 못하여
어제 같은 내일이 올 줄만 알았다

느닷없이 다가온 사랑의 단절은
도대체 어떤 놈이 자행한 것이냐
상 등신처럼 헤아리지도 못하고
머쓱하게 민머리만 자꾸 만질 뿐
'기다려 줘!' 침묵으로 당부하였다

단절된 시간은 견고하게 다가왔고
나포된 노예처럼 강압의 줄에 묶이어
눈채찍 맞으며 두려움에 떨어
'잘 다녀와!' 말하는 눈도 못 보고
'갈게!' 그게 다 였다
작별은 그리 쉬웠다

실직

시계가 크게 기지개를 켰으며
잠 덜 깬 엘리베이터가 하품을 하고
보도블록이 납작 엎드려
일터 나가는 사람 맞기 위해
다들 제 할 일 찾아 분주한 아침

세상 속에 수감되어
졸지에 재소자가 되어버린 실직자
작은 감옥에서 나와
큰 감옥으로 이감 준비를 한다

사형수의 최후 의식처럼
차려 주는 성찬을 먹고
까닭 없이 구두끈을 매면서
떨구는 목을 넥타이가 조여 오면
어설픈 연기(演技)가 숨막혔다

탄원서를 양복 안 주머니에 넣고
바삐 걷는 사람 뒤를
공연히 따라 걸으며
탈옥을 모색하는 이 곤혹스런 날들

단풍

사랑 사랑 내 사랑아
하늘만큼 땅만큼
내 사랑이로다

뼈와 살을 녹여
절정에서 터져 나온
절창 한 판

동정녀 터진 음막
진홍빛 유혈이
천지에 낭자하였다

환승역 에스컬레이터에서

낯선 곳에 발을 딛고서
목적지를 배회하는
이방인들은 넘쳐난다
어디에서 와 어디로 가는지
하필이면 이 시간에 여기에서
하고많은 사람들 중
눈 마주치는 그들을

우주 어느 구석에 박힌 지구
그 많은 나라에서 아주 작은
이 땅 아래 얽히고 설킨 바로 이곳
지하철 계단에서 서로 만났으나
기막힌 기적을 무시하고
모른 체 살아가는 그들을

정착할 역 찾지 못해
형벌 수행하는 죄수처럼
무작정 발길 옮기는
겹겹이 퇴적된 페르소나를
벗어 던지지 않는 그들을
익명의 그 누구도
결코 알은척 하지 않을 것이다

자작나무 4

겨우내
가는 발모가지
빗살무늬로 긁어댄
바람 칼 자국이 섧다
겨우 겨우
자력으로 서 있는
아! 저 힘겨운
직립

휴휴암 얼굴바위

바위와 바위
사람과 사람 사이
고뇌하는 얼굴 하나
작심한 별리를
압박하듯 박혀 있었다

그리운 바다는
그에게 말을 거는데
고개 돌리어
바라보지도 못하고
끙끙 앓기만 하였다

잘 가라
인사도 못했는데
그대는 언제나 기다리고
원망하듯 너울로
미운 얼굴을 때렸다

월정사 고목

삭정이로 삭아
오래된 몸은
바짝 메말라
바스라져 가는데

서러운 바람이
텅빈 가슴을
치고 간 뒤에야
이내 쓰러졌다

무수한 발길에
겁탈 당하는
숨이 멎은 몸
안에서 웃는 나

그가 나인데
내가 나를
바보처럼
탐하고 있다

홀로

유난히
아무도 날 찾지 않는 날이 있다

미치도록 광분하는 휴대폰이
하루 종일 고요한 날
비를 몰고 오는 먹구름처럼
고독이 지독하게 아픈 날

낯가림이 심하여
아무도 다가오지 못하는
표정조차 형편없는
홀로라는 후미진 거리에서
나는 나와 둘이서 걷고 있다

이런 날도 있는 거야
부대낌이 안부는 아닌 거지

나와 닮아 바람에 날아갈 듯
눈물이 나도록 가벼워서
간신히 버티고 서 있는
또 다른 내가 팔짱을 낀다

가자 가자
우리 이 거리를 벗어나 보자

나

어느 가을날
끝도 없이 높아만 가
길 잃은 하늘
임 계신 곳으로 흐르는 구름 쫓다
그리움 사무쳐
얼굴 까맣게 그을린 채
바위가 되어 버린
소년

미친 더위

정전된 건물에서
회전문 통하여 통닭 구워 내듯
한 명 한 명 사람들이 빠져 나와
온몸으로 체액을 꾸역꾸역 토해 냈다

실성한 태양은 사납게 포효하며
호흡곤란의 사람들을
피하지방 아래 내장까지 푹 익혀
닭털 뽑히듯 겉옷이 벗겨졌다

그것은
살점이 다 뜯기고
뼛조각만 남을
천형(天刑)의 벌이었다

경칩

아!
동토에 봄은 오는가

가택 연금에서 풀려
분기탱천하는 포효에
미생들 놀람 반 기쁨 반
땅 위로 머리 내미네

동지들이여
고맙다
살아 있어줘서 고맙다

쉽게 작별하는 방법

'우리 오래오래 만나자'
이 말처럼
작별을 용이하게 해 주는 말이 또 있을까

사랑하는 사람이라면 더더욱
한 몸처럼 늘 붙어 다녀
곁에 있다는 것이
먼지 같이 느껴져
지겨움이 극에 달해
흔쾌하게 떨어낼 수 있을 때까지
오래오래 만나야 한다

그리하여 아주 먼 훗날
세상 작별의 날이 다가오면
기꺼이 놓아줄 수 있도록
남는 자나
떠나는 자 모두
작별이 축제가 될 수 있도록
질리도록 오래오래 만나야 한다

지긋지긋하게 사랑했던 사람이여
안녕!

오래오래 사랑할 수 있을까

눈부시게 피다
허무하게 지는 목련꽃보다
변함없이 푸르다
더욱 자라는 소나무이길 바랬다

눈 내려 설레이다 순식간 혹한 몰아쳐
변덕이 서러운 겨울보다
사랑 떠날까 의심 여지없는
확신하는 봄이길 바랬다

오래오래 사랑할 수 있을까
옥토에 꽃 더미 마다할 터이니
생명수 고갈된 사막
나무 한 그루 생존할 수 있을까

7부

망각
그 참을 수 없는 가벼움

당장
절명해도 좋으니
사랑이여!
내 사랑이여!
투신하는
폭포처럼 쏟아져라

아프다는 것

'몸이 아팠어'라고 말하면
한동안 연락이 뜸했어도 이해가 되고
'몸이 좀 아파서'라고 말하면
약속을 지키지 않아도 용납이 되지

'아프다'라는 말은
궁지에 몰릴 일이 있거나
다소 잘못한 일 있어도
너그러이 받아들일 수 있는 것

죽도록 아파본 사람은 알지
단단히 움켜쥔 손이 저절로 펴지듯
아무리 서운한 일도
쉽게 용서할 수 있다는 것을

'아팠어'라는 말
그 진위 여부와 상관없이
혹여 핑계일지라도
'많이 아팠니?' 위로해 주어야 마땅한
한없이 마음이 약해지는
마력 같은 말이란 것을

은근히 잘 되리라

누구나
네 잎 클로버 찾으려
세 잎 클로버 짓밟는 건
행운 얻으려
소소한 행복 외면하는 것

하늘이 준 천운도
하늘이 거두어가듯
벼락 같은 인기는
벼락 같은 추락을 수반하리

쉽게 들어온 요행은
쉽게 나가는 법

경계하는 사람들
무장 해제시키도록
은근히 잘 되리라

폭포

당장
절명해도 좋으니
사랑이여!
내 사랑이여!
투신하는
폭포처럼 쏟아져라

폭포수

그냥 물이 아니다
하염없이 기다리는
내 사랑을 위하여
천길만길 벼랑에
가차없이 몸 던지는
하늘 같은 물이다

그냥 물이 아니다
마중 나온 사랑과
기적처럼 만나
주저 없이 몸 섞어
천리만리 동행하는
바다 같은 물이다

춘분 2

밤과 낮이
똑같은 것처럼
서운해 할 필요도
용서할 필요도 없이
사랑도
미움도
정확하게
반반이었으면

사랑의 수고 1

마음의 무거운 짐
대신 짊어질 희생이 없는 사랑은
사랑이 아니다

잠시 후 걷힐 안개를
기다려 줄 배려가 없는 사랑은
사랑이 아니다

우산을 건네주고 내리는 비를 다 맞아
몸살 앓을 용기가 없는 사랑은
사랑이 아니다

깊게 패인 주름 어루만지며
여생 같이할 의지가 없는 사랑은
사랑이 아니다

사랑의 아픔을 지켜보면서
배고픔 견딜 인내가 없는 사랑은
사랑이 아니다

진정 사랑하는 사람 앞에서
그런 수고 쯤 수고라 말할 수는 없다

사랑의 수고 2

끝도 없이 멀고 먼 길
무거운 짐 지고 가다
간신히 내려놓으며
취하는 휴식이 달콤하듯

미리 해체해 놓은 호두보다
굳게 입 다문 껍데기
힘들여 열고 가지는
그 맛이 더 한 것처럼

좀처럼 허락하지 않는 사랑
두드리고 두드려
마침내 내 것이 될 때까지
오랜 기다림의 시간으로
그 소중함은 더욱 깊어지지

타는 듯한 폭염 속
극한의 갈증 마다하고
동행하는 이에게
마지막 남은 물 한 모금
건네주는 것이 사랑이다

그와 같이 아파하고
그와 같이 슬퍼하며
그의 고통을 내 것으로
받아들여 그저 하염없이
기다리는 사랑이 사랑이다

벚꽃 지다

마주칠 때마다
추파 던져 얼굴 붉게 하더니
오늘이 가는구나
정녕 떠나려거든 미련 두지 못하게
미소 한 줌 남기지 말고
낙엽 지듯 쌓인 정
뚝뚝 낙하하는
냉정한 꽃비 뿌리고 가거라
내가 할 일은
천년 같은 일 년을 견디어 내는 일
가슴에 제대로 담지도 못했는데
너는 떠나고
야속한 바람은
상심한 상념을 질타하고 있다

노인과 지팡이

네가 나로 인해 서고
내가 너로 인해 서는구나
마디뿐인 지팡이를
마디만 간신히 남은
노인이 일으켜 세운다
하도 닳고 닳아
여생 의지하는
굽은 등은 더욱 굽었다
못 쓸 만큼 작아지면
정토(淨土) 위에 몸 누이려나
아직까지는 쓸 만하니
이 몸이나 네 몸이나
세상 살아 있는 동안
유골처럼 마디마디
정한(情恨)에 동강나지 않게
조심조심 잘 버티어 보자

콜드브루 커피

잠시
냉정을 찾아
기다림을 마시자
한 사람을 사랑하기에
너무 과한 열정은 부담이지

사랑도 미움도
여과 없이 살 수 없는 법

혹여
비 쏟아져
쓰디쓴 삶 순화시킨다면
진정 천사의 눈물이지

많이 기다렸어
똑똑똑
그리움의 낙하

낮술

없는 사람 서러운
천둥 무너지는데
웬 감성이냐

남은 사람 외로운
번개 쏟아지는데
웬 이성이냐

흔들리는 세상에
내가 흔들려야
바로 보이는 법

컴컴한 대낮
소주병 담긴
검은 비닐봉지 들고서

비에 취해
작정하여
지성 포기한 친구 찾아간다

달항아리

버려진 달항아리를 주워 한켠에 놓았다
눈부시게 고왔을 텐데
귀퉁이가 깨어지고 빛바래 꺼칠꺼칠하다

처음에는 허드레나 잡동사니를 담거나
그냥 버리기는 아까운
시든 꽃을 꽂아 둘 요량으로 가져왔으나

보면 볼수록 다정한 엄마의 눈을 닮았고
만지면 만질수록 투박한 엄마의 살이 느껴져
둥그런 모정을 대신한다

'모나지 않게 살거라, 힘들 땐 나를 바라보거라'
떨어져나간 조각이 쪽달로 떠서
푸근하게 말하고 있다

그냥 했어

그냥 했어
이 말처럼 정겨운 말이 있을까

특별한 용건은 없지만
많이 어색하지만
속마음 몰래 감추고
슬쩍 용기 내어 다가가는 말

늘 가까이에 있어도
소홀해질까 두려워
"나 여기 있어"
수줍게 자신의 존재를 알리는 말

종일 기다리다가
마음이 쓰여 아무 일 없듯이
먼저 곁을 내어 주는 말
그냥 했어

실망스러운 일

살면서 실망스러운 일은
휘영청 달빛에 소원 실어야 할 한가위
큰 비 쏟아져 깨어진 만월의 꿈이다

축복이 흰눈으로
사복사복 쌓여야 할 성탄절
태양이 눈부셔 사라진 순백의 꿈이다

살면서 실망스러운 일은
걸었던 기대를 한순간에 접은 사람의
냉담한 얼굴을 보는 일이다

사랑했던 사람을 앞에 두고도
안부조차 묻지 못하고
타인과 행복해하는 그 사람을
애써 외면하는 일이다

망각, 그 참을 수 없는 가벼움

애통이란 얼마나 위선인가
잔인했던 사월도 일순간
꽃을 보고 호사 누리고 음식 앞에서 회가 동했다

그 견딜 수 없는 이기심은
생로병사 다 그런 거라는 잔뜩 분칠한 명분 앞에서
나를 흔쾌히 용서하였다

슬퍼하는 나
잊어버리는 나
수많은 또 다른 나는 다중조차 다중임을 모르고

망각이 가장 슬픈 일이어도
기억상실처럼 위장하여
뱃속에 음식을 욱여넣고 다시 채우려 배설을 해댔다

산 자는 살아야 한다는
죽음 앞에서 누구나 비굴할 수밖에 없는 이유로
생존이란 얼마나 구차한가

망각, 그 참을 수 없는 가벼움은
아무런 의식 없이 나 홀로 무사안일에 정신을 팔고 있다

커피를 마시자

커피를 마시자
그리움이 밀려오면 커피를 마시자

옛 추억이 생각나면 초코향 진한 안티구아
사랑에 빠지면 꽃향기 그윽한 예가체프
햇살 밝은 날이면 과일향 산뜻한 더블A
우울할 땐 만년설 앉은 비엔나로 떠나자

초라한 날엔 만델링
쓸쓸할 땐 블루마운틴
사람이 힘든 이유로 지칠 때는 에스프레소
비 내려 슬퍼지면 콜드브루
묻지도 않고 누군가 믹스커피를 건네면
그냥 소박함을 즐기자

커피를 마시자
흐린 날 사뭇 그리움이 밀려오면
커피를 마시자

환청

그대가 밀어 올린
그리움이 꿈틀대는가
닝닝거리는 꽃벌이
밤 새 머릿속을 헤집어 놓았다

바람처럼 떠나 버린 그대
수묵화 한 폭이 물에 풀어져
대나무가 토막이 나고
매화가 흩어졌다

멈춰 있던 지구가
비걱비걱
다시 움직이기 시작하였다

망각

하루하루 그대라는 일상에
중독이 되어 버린 습관이었기에
힘든 줄 알면서도 결연히 당신을 버리고
단 한 번도 가본 적 없는
낯선 곳으로 먼 여행을 떠납니다

그리움이 허기져
숱한 추억을 오물거리며
삼키는 것이 무의미하여
허한 속 더욱 비우려 유배처럼 가렵니다

절연하고 싶지 않은 아쉬움
서운했던 기억 모두 꾹꾹 밟으며
오래도록 우회하는 여정은
다시는 미련 두고 후회하지 않도록
철저히 당신을 잊기 위함입니다

그것은 평생토록
당신을 사랑한 죄밖에 없는
가혹한 나의 형벌입니다

광어

납작 엎드려
왜소하면 살까
한쪽으로 눈 모아
비굴하면 살까

발버둥 치다
이내 죽는다

마성에 속아
몸 맡기는
속수무책의
어생(魚生)아!

당신에게

당신에게
전부를 내어 줄 순 없지만
내가 가진 것의 일부라도 드리고자 함은
당신의 참혹한 가난에
나의 풍요로움이 미안하기 때문입니다

당신에게서
어둠을 걷히게 할 순 없지만
실낱같은 빛이라도 비추고자 함은
당신의 끝도 없는 절망에
마침표를 찍어 주고 싶기 때문입니다

당신에게서
슬픔을 모두 감당할 순 없지만
작은 슬픔조차 억장이 무너져 내림은
당신의 아픔이 나의 아픔과 같아
나 자신에게 주는 위안이기 때문입니다

당신에게서
평생의 고독을 없애 주진 못하지만
사소한 기쁨이라도 나누고자 함은
당신이 미소 지으면
내가 더욱 미소 지을 수 있기 때문입니다

당신에게
꽃길만 걷게 할 순 없지만
가끔 씨앗이라도 뿌려 놓는 것은
먼 훗날 활짝 피어 쉬어 갈 수 있는
꽃그늘이라도 선사하고 싶기 때문입니다

겨울 나는 나무처럼

언 땅에
발목 묶이어
동상(凍傷)에 무감해도
속절없이 쓰러진
허수아비는 아니리

안 올듯
아지랑 떠는 봄
동상(銅像)처럼
하염없이 기다리는
저 확고부동한 생존

카페 '커피역'

사람 북적이는 백마역 건너편
인적 드물게 뵈는 작은 카페에서
진종일 시 쓰는 사람이 있었다

손님이 없어 문을 닫겠다는
여 사장의 볼멘소리를 한사코 말리며
"백마역으로 역명을 바꿔보세요"

추억 그리운 사람들 몰려와
자리 동나면 저를 기억하세요
커피역은 커피에 빠진 시인만 옵니다

두 손 우산

짓궂은 비 내려와
가슴에 빗물이
쪼로록 흘러내린다

"가슴에 비가 오네요"

부끄러운 듯 빨개진
두 손 우산을
황망히 가슴에 폈다

미구(美句)

밑줄로 발목 잡지 마
족쇄를 풀어
아름다운 글향
세상 속으로 보내 줘

올가미로 묶어 놓지 마
목줄을 풀어
훨훨 날아가도록
황금 날개를 달아 줘

세상 속 날다
내 얼굴이 보이면
수갑 찬 지적 소유욕에
비난이라도 쏟아 줘

폐 등대

칠흑같이 막막한 밤
홀로 서 있는 등대 하나
불 밝히지 못하여 의기소침하였다

누구나 살면서 빛나는 등불 없인
외면 받기 짝이 없는 노릇
누구나 외로운 존재라 해도
여생을 폐 등대로 사는 건 가혹한 짐

한 번 사용하고 버려지는
냅킨처럼 사라질 수는 없다
비록 노쇠해도 영원히 꺼지지 않을
분연한 불 밝힐 테니 기회를 다오

허리 잘린 등걸처럼 본연 잃었으나
이 악물고 서서 지킴이 되어 줄
가로등이라도 되어 주마

시를 수습하다

행주산성을 걷다가
망루에 떨어진 윤동주 시를 주웠다

한 권의 시집에서
하필 이 시가 내게로 왔을까
끝없는 광야를 홀로 거닐었던
심사(心事)가 이토록 고독했을까

일제 형무소에서
시인은 한 장의 책장처럼
낱낱의 영혼으로 세상에 뿌려져
청운(靑雲)의 꿈이
무력에 밟히고 찢겨져
세상 뭇 오물을 홀로 감당하였다

아! 내가 그의 몸을 수습하려니
이 초로(初老)의 시인은
별 헤는 밤처럼 비통하다

연을 날리다

연을 날리다
인연을 생각하였다
높이 날려보내야 하는 이상과
날지 못하는 현실 사이에
괴리를 생각해 본다

발목에 단단히 끈을 결박하고
날려보내려 했던 꿈이
무슨 소용이랴
애당초 아슴아슴했던
망상에 불과한
욕망은 추락하였다

소중한 인연이여!
비록 비상하지 못하나
절연은 거두어라
너와 나는
끈으로 이어진
한 몸의 운명이다

쌀뜨물

혹자는 내가 싫다고 합니다
알고 보면 참 좋은데 허드레라 합니다
겉으론 투명한 척하지만 악취 진동하는 세상
내면은 애써 외면하면서 속 터놓지 않은 이유로
내게는 마음자리마저 구지렁물 취급합니다
미곡은 저로 인하여 뽀얀 속살을 드러내는데
수채로 버려지는 서러움을 아시는지요
차라리 텃밭에 뿌려지는 거름이라도 좋겠습니다
외면하기 아까운 진면목을 사람들은 알지도 못하면서
끝끝내 내가 싫다고 합니다

스마트폰

매서운 겨울바람이 언 손을 때려도
한순간도 스마트폰을 눈에서 떼지 않았다
바깥을 뚫어져라 응시하는 저승사자들이
은행 ATM기 안에서 잡담을 나누며
도처에 널린 죽음의 거리를
흐뭇하게 내다보고 있었다

사람이 죽었다
사람들이 몰려와 그 광경을
화질 압도적인 폰으로 찍어 댔다
끔찍한 영상은 실시간으로 전송되어
자신의 부고를 SNS에 올렸고
죽음이 예고된 다른 사람들이 부조하듯 흔쾌히
'좋아요'를 눌렀다

인연

운전하다
차창으로 들어온
낙엽 한 장과의 만남이 하나

카페에서
바로 다운로드 받아야만 했던
멋진 음악과의 만남이 둘

추운 날
열기 남아 있는 차량 보닛 위
웅크린 고양이와의 만남이 셋

갑작스런 비에
난처해하다
버려진 우산과의 만남이 넷

그런 만남도
무심코 지나치면 그만이지
인연도 그뿐이지

너무 멀다

어디까지 가야 하나
고독한 생의 겨울

밑창이 너덜한
신을 신고선
너무 멀다

헤져 서늘한
외투를 입고선
그곳은 너무 멀다

밤을 꼬박 새워 가도
봄꽃이 피는 길까지는

권력

튀는 배우들의 모습과
화려한 조명에 가는 길 멈추었다

가장 초라하고
가장 평범한 한 사람
주목 받지 못하나
그 현장의 전권(專權)을
단단히 움켜쥔 단 한 사람
영화감독에게만 시선이 머물렀다

잘난 척
있는 척
힘센 척은
꼭두각시 어릿광대의 것

유치한 치장을 걷어
상실된 자아를 회복하라
민낯의 자존감이 권력이다

무게

나보고 너무 말랐다 하더라
나이 들어 너무 마르면 궁색해 보여
뱃살 든든하게 키워라 하더라

오늘은 무게를 재는 날
물구나무서기로 거꾸로 올라
무게를 달아본다

사색은 반대 방향으로 흐르고
몸을 허공에 띄운 채
생각으로 가득 찬 머리만 쟀는데도
만근을 훌쩍 뛰어넘는다

지난번엔 천근이었는데
예측을 불허하는 나의 무게
가벼이 보지 마라

이래 봬도
영혼의 지문으로 생각을 응축해내는
나는 시인(詩人)이다

세상의 안쪽

세밀한 공간도 허락치 않는
꽉 막힌 시간을 비워 낸
모래시계 허공 속 작은 평화

반짝이는 별이 더욱 빛나도록
배경 어둡게 본색 감추는 하늘
그래 창창했던 창공 뒤편엔 늘
먹구름이 대기하고 있었지

햇살 반짝이는 은가람 아래
모천(母川) 찾아
마지막 숨을 다해 역류하는 연어

만선 포효하는 고동에
신음하는 산란의 아픔처럼
누구나 저마다
상처 하나씩 안고 사는 것

숨 막히도록 찬란한 세상
밀어 올린 먹먹한 세상의 안쪽

안국역에서

안국역 낮 한때
괜찮냐고 끊임없이 다독이던 어느 날
해리가 샐리를 만나러 가고 있었다

가슴에 묻어 둔 이별이 단초가 된 그들의 만남
서로 같은 자석 극단의 밀어냄을 이끌림으로
순리를 거부한 셈이다

연모와 망각이 혼재한 산을 헤매다
에둘러싼 허리안개를 제 손으로 걷으며
6번 출구 계단을 오르고 있었다

한사코 하늘로 돌아가려 했던 귀천은
시인의 천상(天上)의 병(病)
가파른 벽을 오르던 능소화는
귀향의 몸부림 끝 땅에 떨어졌으며
꽃은 지다 말고 다시 피었다

단 하루를 만나도 억겁의 시간처럼
지하철 차창 너머
너는 내 운명이다 무진 저항하였으나
둘을 가르는 교도소 접견용 분리 창처럼
견고한 불가항력이 참 허무하였다

해리와 샐리는 사랑 그 쓸쓸함을 딛고
다시 만날 수 있을까

대곡역에서

설레임 차단된 창 너머
궁금한 햇살이 기웃대던 날
단호하게 남자는 떠나고
여자는 이울듯 쪼그려
힘겹게 흐느끼고 있었다

울지 마라 울지 마라
살면서 살아가면서
버려진 사람이 너 뿐이냐

인적 고갈되어 걱정스런
황량한 벌판에서
갈 길 포기한 여자가
상실의 대곡역을 바라보며
대곡(大哭)하고 있었다

새벽 이끼(Dawn Moss)

늦으면 좀 어때
이런 말 정말 싫은데
아, 이층 찻집 '새벽 이끼'

커피를 시켜 놓고
창 밖 바라보다 문득
가슴 저미는 눈빛 하나

받아 줄 수 있니?
이런 마음 처음이야
지금은 한사코 그냥 머물 때

별내

온통 별들로 가득 찬 강 둔덕에서
별 그리운 당신은 멍하니 바라보기만 할 뿐
난파되어 폐선 직전의 나였지만
황망히 돌아서는 당신을 만나기 위해
애오라지 배를 띄워야 했습니다

세느강의 정경이 이러했을까
기다리는 카페 창문 너머 갸웃대는 달빛이
수많은 별빛과 함께 독려하였으나
당신은 내내 헛가슴만 꾹꾹 누르다
은하수 넘다 지쳐 웅크려 앉고야 말았습니다

나와 눈 맞춘 별 하나 빛날 때까지
얼마나 많은 별들이 피다 지고 피다 지고
하늘 길 열어 초대했었는지
또 별나라 강가에 꽃 한 송이 필 때까지
얼마나 많은 꽃들이 강둑에 스러졌는지
필연을 애써 외면한 당신은 알지 못합니다

사랑하는 그대여
왈츠를 출 줄 아시는지요?
영혼 맞춤을 기뻐하며 축포를 터뜨리는
찬란한 뤼미에르 별빛 아래에서
하염없이 미녀의 사랑을 기다리는 야수는
헤어나올 수 없는 촛불의 마법에 걸렸습니다

상처 딛고 사랑을 기다리는 기억 저편
별천지 그 아름다운 무대에서
기우는 해거름 따윈 거부하는 왈츠를 추다
다시는 돌아올 수 없는 레떼의 강물을 마시며
결코 풀리지 않는 깍지를 하고
그대와 나는 번지 점프를 합니다

영종도, 여기에 오길 참 잘 했다

홀씨로 날아가 꽃피우다 지는
일출과 일몰 상존하여
생사 한 곳에 머무는 영종섬
휘둘램 당하여 구석에 내몰리다
내내 잊혀진 구읍에
초췌한 뱃터 하나 있었다

손 뻗으면 닿을 듯 눈에 밟히어
왜소한 등 품어주고 싶은
보드레 단이 닮은 작약도
해풍에 좀처럼 마르지 않는
지독한 그리움으로 얼룩진 빨래
종일 내다 널은 집이 하나 있었다

위아래 두 대교 부지런히
뭍사람 사랑 퍼 나르는데
멈춘 내겐 누가 사랑을 줄 것이냐
섬과 섬 사이 오가는 여객선
갈매기 떼 몰고 갈 때
방향 잃은 나는 누가 끌고 갈 것이냐

사랑아 아주 가라
상처야 흔적 없이 아물어라
망각은 이리 쉽게 오는 걸
보드란 달빛 머금어
은하수 반짝이는 윤슬
꽃잠 이루라 나르샤 나르샤 했다

좋음과 사랑의 차이에 담겨진 시의 표정
−공석진 제6시집『당신의 마음은 빈집』

채수영(시인, 문학비평가, 문학박사)

1. 시를 위한 서설(敍說)

시인은 시를 쓰는 명확한 이유를 갖고 시를 창작하는 경우와 막연한 인스피레션의 진로에 의존하는 경우가 있을 것이다. 물론 전자의 경우엔 시의 공고한 표정을 관리할 뿐만 아니라 자기 시 옹호의 이미지구축에 성공적인 결론에 당도할 수 있을 것이다. 시는 막연하게 쓰는 주먹구구의 경우가 아니라 엄정하고 단호한 논리의 구축에 의해 쓰여지는 과학적인 작업이 시의 이름을 얻는 것이다. 이로 보면 시인은 문인 중에서 어떤 분야보다도 치밀하고 정확한 이미지에 과학성의 구축을 가질 때 비로소 시의 위의(威儀)를 갖추게 된다. 단순하게 행과 연을 끊어서 시라는 이름을 생산하는 대부분의 시가 한국시의 모습이다.

변화할 줄 모르는 시 또한 천편일률적인 소모에 허비하는 경우가 허다하다. 첫 번째 시집과 두 번째 시집은 변화가 있어야 한다. 여기서 시인의 지난(至難)한 작업은 항상 긴장과 공부라는 과정을 겪으면서 시를 접해야 한다는 요청서가 필요하다. 시의 산 앞에 시인은 누구나 긴장하고 자기 나름의 방법을 동원하여 등정을 하려한다. 그렇다면 왜 시를 쓰는가?

중견 시인 공석진의 대답은 아주 간명하고 명확하다.

> 나는 왜 시를 쓰는가? 셀 수도 없이 나 스스로에게 묻고 또 물었다. 그 어떤 질문보다 참 어려운 질문이다. 어떤 거창한 수식어보다 시가 좋아서 시를 썼다는 것이 나의 명확한 답이다. 길든 짧든, 심오하든 가볍든 그리고 기쁘든 슬프든 시는 나의 삶이었고, 나의 그 자체였다.
>
> ― '시인의 말'에서

아주 오래전에 어떤 외국영화에 딸이 결혼하겠다는 남자를 데려와서 아버지가 묻는 말이 "너는 왜 저 남자와 결혼하려 하느냐?"고 물었을 때 아버지의 정답은 사랑하기 때문이 아니라 '좋아 한다'는 말이었다. love와 like의 차이를 곰곰 숙고하면 심오한 아버지의 생각이 담겨진다. 좋아하는 것은 시종 변함이 없지만 사랑은 쉽게 변하면서 이별을 맞이하게도 된다. '시가 좋아서 썼다는 것이 나의 명확한 답이다'에 공석진의 시론은 그리고 시를 대면하는 명쾌한 이유를 접한다. 결국, 이런 이론의 이유에서 공시인은 '나의 삶이었고 나의 그 자체였다'를 명제로 설정하고 작품에 길을 만든다.

시인의 창작 태도에는 과작과 다작의 구분을 흔히 그의 성품으로 돌린다. 오로지 시만을 생각하는 삶이라면 다작을 결과로 내세울 것이고 다소 느린 성품이라면 과작에 변명을 내세울 것이다. 편운제 조병화는 2824편을 일생에 창작했고, 다산은 2500여 수의 시를 썼다. 중국의 소동파와 백낙천은 3000여 수의 시를 창작했고, 시성 두보는 1405수 이백은 1072수를 썼다. 서정주는 897수, 유치환은 909편을 창작했으니 다소(多少)의 경우가 문제는 아니다. 얼마나 열성으로 시를 쓰는가의 결론은 다르다. 공시인의 서정시 1500여 수는 지대한 업적이다. 그러나 5000여 수의 시를 쓰고 있는 김석규와 채수영은 6700여 수를 쓴 것을 대입하면 두 시인은 41년생 - 나이 산수(傘壽)임을 감안하면 무려 20년의 간격이 희망의 불길을 가질 수 있을 것이다.

시인은 우선 많이 써야 한다. 그 속에 놀라움은 들어있을 수 있을 것이기 때문이다. 씨앗이 땅에 떨어지면 언젠가 물과 공기의 적정한 온도에 이르면 싹으로 나오는 이치는 진리이기 때문이다. 아직도 왕성한 나이를 대입하면 공석진의 기대는 한국 서정시의 한 축을 감당할 가능성이 있다는 결론이다.

2. 비움의 미학

우주 천지는 비어있다. 광활한 천공에 가득함이 아니라 텅 빈 허공이고, 그 허공은 큰 입을 벌리고 채움을 기다리고 있다. 어찌 보면 비어있다는 것은 우주 자연의 본래 모습일시 분명하다. 여기서 무언가를 기다리는 허공이 있고 채우면 다시 비워지는 일이 반복될 때, 인간은 존재의 공간을 위해 노력을 기울인다. 텅 빈 교실이기 때문에 학생의 무리가 목적을 달성하기 위해 모여들고 빈 수레바퀴이기 때문에 무거운 짐을 싣고 목적지에 가는 것이나 날마다 공복을 채우기 위해 음식으로 위장을 채우는 것과 같은 이치는 우주의 이치와 상관을 갖는바 모두 등가를 이루는 목적을 위해 비

움과 채움을 반복하는―일찍이 불가(佛家)의 반야심경에는 한마디
로 색즉시공(色卽是空)이고 공즉시색(空卽是色)이라는 말로 정리했
다. 이런 논리에서 철학의 설파가 불교의 본질인 셈이다. 공은 색
을 위함이고 색은 공을 위한 윤회의 바퀴는 끊임없이 돌아가는 것
이 우주 본질이 된다는 뜻이다.

당신의 마음은 빈집
내내 홀로 지키다
별들이 시퍼렇게 눈뜬 새벽 이끌리듯 나와
아무나 기웃거리라고 허공에 걸었다

집사를 자처하는 거미
이중 삼중 줄을 쳐 빈집을 지켰지만
가끔 힘센 비가 문을 박차기도 했고
마실 나온 바람이 주인 없는 지도 모르고
불 꺼진 창을 톡톡 두드렸다

당신이 좋아하는 꽃으로
길을 놓으면 돌아오려나
시공(時空)이 무너진 지독한 망각처럼
폐가마저 허물어질까
끝내 울었다

― 「당신의 마음은 빈집」 전문

그대와 나는 등가(等價)를 갖는 관계망이 설정된다. 당신의 마음

이 빈집이면 역시 나의 마음도 빈집일 수밖에 없다. 세상의 진리는 모두 상대적일 때, 등가의 원리는 진리가 된다. 너의 마음이 가득하다면 나의 마음 또한 비어야 수수(授受)의 관계가 성립되기 때문이다. 여기서 공시인은 진리의 문턱에서 그의 시를 철학으로 승화하는―시는 철학을 내포하고 세상의 모든 것을 한목에 담는 큰 그릇이기 때문에 철학조차도 시의 임무에서는 우선순위에서 아래가 된다.

1연은 허공에 걸어놓은 실체가 보이지 않더라도 이미 '아무나 기웃거리라고'의 비어있음에서 거미가 2연의 주인공으로 나타난다. 주인이 없는 폐가일지라도 기다림의 상황이 연장될 때, 3연에 이르면 기다림의 꽃이 승화의 길을 재촉하고 허무에 지쳐 울음을 터뜨리는 시인의 마음에는 채움을 위한 기도가 절절함으로 길을 내고 있다.

버리는 것은 얻는 것을 알기 위함이다. 없음에서 있음을 구하는 것은 허무의 열망을 채우는 일이기에 버릴 줄 아는 일이야말로 얻는 길을 획득하는 길을 확보하는 일이 되기 때문이다. 공시인은 비어있음과 버리는 것에 실상을 채우는 임무의 한 단계를 넘어 먼 세계에 대한 동경이 자리한다.

　　지우다 버리다 보면
　　길이 보인다

　　폐기하지 않는 자
　　찬란하게 정제된
　　숨결은 없다

쓰다 지우다
또 쓰다 지우다
반복되는 첨삭

눈부신 보석으로
승화하는 나의 영감

지우다 버리다 보면
금빛 날개로 비상하는
낙원이 보인다

　— 「지우다 버리다 보면」 전문

　있음에서는 욕망이 일렁이고 이 욕망에 나포(拿捕)되면 결국 자기를 잊고 살아가는 불행과 조우(遭遇)하게 된다. 왜냐하면, 욕심은 또 다른 욕심을 위해 더 큰 욕망에 포로가 되면 결국 망각의 늪에 빠지는 일이 연속성을 갖게 된다. 자기를 잊고 살아간다는 것은 궁극적으로 자아의 상실에 이르기 때문에 얻음보다는 잃음에 도취된다.

　지우고 버리면 비로소 깨닫는 '길이 보인다'의 출발은 무아의 길에 이르는 방법을 위해 버리고 지우는 작업이 선행된다. 물론 2연에서 강조되는 '숨결은 없다'의 생명의 끝을 만나는 불행이 다가온다. 결국, 끝없는 퇴고의 과정을 거칠 때, 거기엔 버리고 지우는 일이 앞장선다. 그리고 정제된 아름다움의 보석을 얻는 이치는 버릴 줄 아는 때 비로소 시(詩)는 다가든다. 이는 상당한 시 쓰기의 과정을 거칠 때라야 나오는 발성이다. 흔히 초심자는 이 단어 저

단어를 모두 모아서 아름다움으로 꾸미는 일에서 실패의 길로 들어선다. 그러나 원숙한 시인은 버릴 때, 비로소 보이는 길이 있고 정제된 표정을 발견하는 아름다움의 놀람 앞에 설 수 있다는 공정식의 시적 발상은 결국 비움에서 얻는 이치를 터득한 원숙함이 탄력을 받아 '금빛 날개'의 비상으로 생명을 얻는 방법의 시인이다.

3. 살기 방법

인간은 어떻게 살 것인가는 철학의 시작이고 마무리이다. 결국, 시 또한 삶의 방도를 기술하는 일에 다름이 아니라는데 귀결된다. 물론 기준점을 어디에 두느냐 즉 삶의 방법에 그럭저럭이거나 완강하게 설정된 자기 기준이 있을 경우 삶의 방도는 완전히 다른 모습으로 나타난다. 이를 자기 철학이라 칭하면 철학은 곧 사는 일에 길잡이가 되는 셈이다.

미꾸라지처럼 요리조리 권력을 추구하는 사람도 있고 또 서툴고 거칠지만, 도덕률의 기준에 스스로 절제된 삶을 지탱하는 사람의 경우 인생에는 향기가 난다. 인간의 모습은 성공의 지위가 아니라 자기만족의 도덕에 충실했을 때, 가치 높은 생을 영위하게 된다는 점이다.

말끔하지 못한 게
죄가 아니다
세련되지 못한 게
잘못은 아니다

치장하지 않은 말이
마음을 흔들고
수줍은 고백이
더 감동을 주는 법

비록 초라하고
능숙하지 않아도
그 질박함으로
가슴에 품을 일 많다

진심을 몰라줘도
서툴게 살자
때로는 어색하게
때로는 어리숙하게

―「서툴게 살자」 전문

　명령형의 확신이 뚜렷하다. '어색하게' 또는 '어리숙하게'의 요지
가 서투름과 대비된다. 능숙하게 혹은 말끔하게의 대칭어이지만
어리숙하게의 행동은 뭔가 부족함에서 친근미가 있고 정감이 있
을 때 가능하다. 세련되지 못함이 죄가 아니듯 꾸밈이 없는 소박
함에서는 인생의 향기―인품의 고매함이 드러난다. 또한 교언영색
(巧言令色)이 아닌 순수가 보일 때, 인격이 성숙을 갖출 수 있다면
공석진 시인이 주장하는 '서툴게 살자'는 말은 질박(質朴)에서 자아
를 회복하고 찾아가는 생의 방도로 보인다.

4. 기다림의 언덕 넘기

사람의 일생은 누군가와의 연계(連繫) 속에서 자기를 정립하는 일이 될 것이다. 이는 사람과의 관계를 설정하고 그 설정에서 파생된 감정의 흐름이 있다는 사실이다. 이를 쉽게 인연이라 말하면 인연에는 감정이 개입되고 다시 감정은 정을 이끌어오는 길이 열린다. 호오(好惡)의 정감이 나타나는 것은 인간관계에서는 필연의 사실일 것이다. 좋아함과 싫어함은 결국 두 개의 분기(分岐)를 이룬다. 적대관계와 친밀에서 전자는 증오로 이어지고 후자는 떨어질 수 없는 감정의 흐름이 연속적으로 이어지는 관계를 소망한다. 이는 기다림이라는 시어로 압축된다.

누군가를 기다린다는 것은 서글픈 일이다. 왜냐하면 부재(不在)에서 오는 열정이 기다림과 끊을 수 없는 감정의 흐름을 유지하려는 경향에서 기다림은 사랑으로 이어지는 전 단계가 된다.

너에게 빠진 나를
밀어내지 마라
원래 사랑은
목숨 거는 것이다

— 「바다 사랑을」에서

사랑은 자기를 버릴 때 다가오는 이름이다. '너에게 빠진'의 깊이가 깊을수록 사랑은 커다란 함정으로 자아를 희생하려 한다. 그러나 사랑에는 항상 아픔이 수반되고 그 아픔은 기다림을 부추기는 감정이 조절할 수 없는 지경에 이르면 기다림은 병이 되는 것

같은 아픔을 수반한다. 사랑은 결국 기다림이 농도를 더해가는 애절성 혹은 간절함의 거리(距離)가 발생한다. 모든 인간관계는 거리를 조정하는 관습이 있다. 친밀하면 거리가 좁아지고 멀면 거리가 간격을 넓힌다. 여기서 기다림은 거리를 좁히려는 의도를 성숙시키려는 행위일 것이다

> 사랑하는 이를
> 기다려 본 사람은 안다
> 출입문의 미세한 떨림과 소리까지
> 한시도 촉각을 놓지 않는다는 것을
>
> 문을 응시하면서
> 많은 사람이 설레였고
> 뭇 사람들이 절망하였을
> 열리며… 닫히며…
> 교차했을 헤아릴 수 없는 희(喜), 비(悲)
>
> 길들임은 서두르지 않는 것
> 길들여짐은 모든 발자국에 가슴 뛰는 것
> 종속되어지기 위한 기다림은 하염없다
>
> ― 「기다림」에서

사랑은 감정이다. 해석하고 분석할 수 없는 감정의 미로(迷路)를 헤매는 일이 사랑의 이름이라면 그 사랑을 기다리는 것은 서글프거나 애달픈 감정이 솟아오르고 '종속되어지려는' 노예적인 감정

을 기꺼이 바치려 한다. 왜냐하면, 사랑은 내 소망의 전부를 투척하여 하나가 되고 싶은 열망이 앞서기 때문이다. '하나가 되려는 것은' 자아의 통일을 요망하는 행위이지만 여기에 거리의 파생이 가져오는 안타까움이다. 손에 닿을 듯 닿지 않는 일은 감정을 더욱 애달프게 달군다. 기다림은 그런 정감을 소진하고 싶은 감정의 희망이다. '문'으로 향하는 마음에는 물기가 젖어있고 올 것만 같은 착각은 기다림의 길을 넓히지만, 발걸음 소리에 귀를 열어 마음을 부풀어 키우는 시간을 초조로 풍선이 된다.

살아있는 사람은 기다림이 있는 사람이다. 왜냐하면, 기다림은 사람과 사람의 그리움이 연결되는 길이 되기 때문이다. 시인은 이런 감수성을 기다림에 응축의 묘미를 담고 있다.

5. 코비드 19시대 신 풍속

전대미문의 전염병이 시대의 특징을 모조리 바꾸고 있다. 일부 구간에서의 한정된 전염병이 아니라 온 세계가 전전긍긍 불안의 시대를 조심스레 건너고 있기 때문에 인간과 인간의 관계가 과거의 대면이 아니라 비대면 혹은 마스크라는 칸막이를 치고 대화를 나누고 일상을 지나는 불안의 시대이다. 만물의 영장이라는 존재의 호언이 보이지 않는 바이러스에 의해 완전히 크로키 당하는 일이 날마다 지면을 장식하는 비극의 연장선이 지속된다. 물론 언젠가는 지날 수 있는 사건이지만 과거의 일상을 모조리 바꾸어 놓은 정경이 연출된다. 행복을 행복으로 느끼지 못했던 일상이 새삼 고맙다는 말로 회상을 재촉한다.

부대끼며 사는 게 행복이었습니다
마음대로 외출하고 살 때가 행복이었습니다
반갑다 악수 나눌 때가 행복이었습니다
내 술잔 주며 우정 나눌 때가 행복이었습니다

사람 얼굴 제대로 볼 수도 없고
어울려 따뜻한 밥 같이 먹을 수도 없고
만나자 말 한마디 건넬 수도 없고
불신과 절망과 분노만이 극에 달했습니다

    ―「코로나 스케치」에서

    너와 나의 거리가 생기고 대화가 단절되고 또 일상이 완전히 격
리라는 말이 두려움을 증폭시키는 뉴스는 끝없이 이어진다. 공포
가 다시 공포의 증가로 부풀어 오르는 절망이 함께 한다. 한 끼의
식사를 더불어 나눌 수도 없고 한 잔의 술을 마실 수 없는 지경의
사막화가 인간의 땅에 진행중이다. 평범했던 일상이 얼마나 행복
이었던가를 새삼 깨우치는 교훈 앞에 세계가 전율(戰慄)한다. 손을
주면 마음을 주는 것이지만 악수조차 체온을 나눌 수 없는 풍경은
이제 두려움의 능선을 넘을 줄 모르고 악화 일로를 지나고 있다.
외출이 두려움이고 '부대끼고 사는 일상이' 아득한 시절의 신기루
가 되었다. 비극의 산성(山城)이 너무 높고 처절하다. 시인은 이런
처지의 일상에 새삼 일상의 평범함이 얼마나 행복이었던 것인가
를 깨우친다.

가라
안면 장막 치고
악수 거부하는
'코로나19'는 가라

오라
한껏 포옹하여
사랑 감염시킬
'큐피트20'이여 오라

― 「전염병」 전문

이재 문화는 코로나 이전과 이후로 달라질 것이다. 포옹하고 껴안는 일이 얼마나 소중한 것이고 사람의 관계가 체온으로 정을 나누는 일이 더욱 깊은 사랑임을 알게 되었다. 포옹하고 사랑을 나누는 일에 가치를 알게 되었기에 코로나 이후의 세상은 증오의 회피, 체온의 따스함이 인간에게 얼마나 소중한가를 깨달았기 때문에 코로나 이후의 세상은 인간관계의 소중함을 알게 되는 각성의 길이 열릴 것이다. 이리하여 '오라/한껏 포옹하여 사랑 감염시킬' 사랑을 불러오는 간절함이 시인만의 소망은 아닐 것이다. 휴머니즘의 인간애가 얼마나 절실한가의 깨달음에 종이 울릴 것이다.

6. 역사 속에서

역사란 인간이 만든 기록이다. 그러나 그 역사는 슬프게도 정의

롭거나 옳은 것만을 기록하는 것이 아니라 승리자의 편에서 서술된다. 특히 우리의 역사기술은 철저하게 상층부의 편애로 기울어진 운동장이었다. 역사에서 공평이란 슬픈 용어이다. 역사를 바로 잡는다는 것은 어쩌면 불가능할 수 있을 것이다.

우리는 혁명이라는 과정을 겪지 못한 양반 중심의 문화가 여전히 지금도 횡행하고 있지 않은가? 가령 신라를 칭송한다. 그러나 통일신라라는 말에는 얼마나 슬픈 역사가 눈물을 흘리고 있는가? 나·당 연합군에 의해 고구려가 멸망했고 이어 백제가 숨을 거둘 때 열흘 동안 나.당 연합군이 백제인을 무참하게 도륙(屠戮)했다 한다. 신라의 군인은 우리 민족이니 도륙에 참여 안 했다 가정해도 당나라 군인들은 얼마나 부녀자를 겁탈했으면 100명도 설수 없는 낙화암에 부녀자들이 궁녀로 둔갑하여 3천이라는 허수로 부풀렸을까 말이다. 이런 예는 병자호란 때 강화도 바닷물에 빠져 죽은 양반의 부녀자들과 같은 양상이다. 국난이 오면 양반들은 도망가고 나라를 지킨 사람들은 이름 없는 백성이었다. 6·25 전쟁에서도 우리의 장군의 아들이 죽었다는 소리 들었는가? 모택동이 아들이나 미군 장군의 아들들은 한국전쟁에 참전하여 목숨을 잃었다.

치부 드러내도
사심 배제된 진솔한 고백이거늘

애석하게도 역사는
권력에 아첨한 용비어천가였고
모사에 기획된 위조사(僞造史)였으니

민심 빙자하여 세상 무서움 모르는 자들
살아서 영화 누리고
죽어서 천심 속인다

나무는 키가 클수록
뿌리가 실해야 하는 법
고해 성사 하듯 모록(冒錄)을 자술하라

복지부동의 민초
사상누각의 역사
모두가 위선의 탈을 쓴 죄인이다

　　ㅡ「역사」전문

　공석진의 시는 자연 사물이나 강이나 풀들의 이야기 혹은 인간
의 감수성을 다룬 소재가 대부분이다. 이는 시인의 정서가 이끄는
이미지 취택의 방도이기에 개성과 연결될 것이다. 그러나 「역사」
에는 날카롭고 시니칼한 칼날이 섬뜩인다. '애석하게도 역사는' 시
종 용비어천가에 머물고 있고 이런 징후는 지금도 횡행하고 있다.
떼거리에 패거리 정치가 낳은 적폐요 정의의 기준이 없는 자기 멋
대로의 잣대로 국민을 대하는 한국 정치사이다. 여전히 양반의식
이 팽배하고 위조사를 마구 휘갈겨 쓰고 있지만, 혁명의 경험이
없는 자의적인 해석으로 국민을 호도(糊塗)한다. 이른바 민주라는
가면 뒤에 '민심을 빙자하여 세상 무서움을 모르는 자들'은 여전히
정의를 독점하는 기교(技巧) 정치에 몰두한다. 민주화를 주장할수

록 비민주 작당 노릇에 여념이 없기 때문이다. 이는 '복지부동의 민심'의 진단이다. 비판이 없는 국민은 끌려가는 노예의 길이 가면 (假面) 뒤에서 조종을 받기 마련이다. 지금은 그렇다. '위선의 탈을 쓴 죄인이다' 외에 더 첨가할 말이 없는 공석진의 진단은 여전히 적확(的確)하다.

> 햇살 아리도록 고운 날
> 만장을 써야 한다
> 봄꽃 춤사위 그윽한 날
> 만장을 뿌려야 한다
>
> 이제나 오시려나
> 저제나 오시려나
> 젖 비스듬히
> 풀어헤친 그리움
>
> ― 「만장(輓章)」에서

죽어있는 영혼을 깨우는 만장을 써야 한다. 맑은 날이라 칭하는 날씨 속을 바라보는 만장을 써야 한다. 이제나저제나 기다리는 그리움은 '언제 오시려나'로 풀어헤친 속살의 진실을 불러내는 굿이 있어야 한다.

시는 절망에서 희망을, 아픔에서 재생을 노래하는 예술이다. 때로는 예지의 노래를 부르기도 하고 인도자의 노래를 부를 줄 아는 것 때문에 시의 자리는 어떤 예술보다 앞선 자리를 차지하는 인간 사랑의 예술이다.

누구나

네 잎 클로버 찾으려

세 잎 클로버 짓밟는 건

행운 얻으려

소소한 행복 외면하는 것

─ 「은근히 잘 되리라」에서

　큰 것과 작은 것은 각기 소임이 다르다. 작은 돌은 굄돌로 사용하고 큰 돌은 주춧돌이 된다. 저마다의 자리에서 최선을 강조하는 것은 큰 것을 얻기 위해 작은 것을 무시하는 것은 슬픈 일이다. 작은 것을 외면하고 큰 것만을 추구하는 것은 불행을 불러오는 ─성실이 없는 행동에는 항상 보답이 따라온다. 절망에서도 잘 될 것을 믿는 시인의 마음에는 희망의 노래를 앞세우는 순서가 질서 정연하다.

7. 나가는 문에서

　시인은 언제나 깨어있는 정신의 소유자이다. 사물의 이면을 통찰하고 미래를 위해 징검다리를 놓을 줄 아는 지혜의 정신을 갖고 살아가는 공석진의 시는 모든 시적 소재가 살아있는 물활론적인 생명의 소리가 들린다. 풀꽃에서 바다의 소리 혹은 인간 내면을 찾아가는 탐험의 여정은 화려하다. 특히 시어의 탄력을 유발하는 응축의 언어 사용은 공시인의 시가 갖는 화려한 리듬의 길이 유연하다. 더구나 다작의 길을 선택하면서도 서정시의 깊이에 온정신을 투척하는 시적 표정은 진지하고 섬세한 묘미의 시가 탄생된다.